姫さま恋慕剣

山手樹一郎

コスミック・時代文庫

※この作品は二〇一四年小社から刊行されたものです。
本書には今日では差別表現として好ましくない用語も使用されていますが、作品の時代背景および出典を尊重し、あえてそのまま掲載しています。

姫さま恋慕剣

名花一輪

「矢太郎《やたろう》、たのみがある」

世子万之助《まんのすけ》は、わざわざ庭の見晴らしの亭《ちん》へ相良《さがら》矢太郎をつれ出して、まじめな顔で切り出した。

花に間もない季節で、ここは目の下に桜山があるから、花のこずえを上から見おろすようになり、今はそのこずえのつぼみが赤くふくらんで、うらうらと春の日に燃えている。目をやると、城下町から、その外郭を流れる吉井川、岡山街道にそって遠くひろがる田畑が一目で見わたせる。作州《さくしゅう》津山十万石、平松若狭守《わかさのかみ》の居城の、本丸内の庭なのである。

「なんでございましょう。おうかがいいたします」

万之助も矢太郎も共に二十五歳、主従というよりは、よく気心の知れた親友といった間柄で、どっちも強情っぱりだから、またけんか友達でもある。

「ただ、うかがうだけか、矢太郎」

さっそく、万之助がけんかを売ってきた。

「たのみがあると申されましたな」

「うむ、主人たるわしが、たのみがあるといった。なんなりとお引きうけいたしますと答えるのが、家来たる者の分だと思うが、どうだ」

「押し売りでございますな」

「なにっ」

「うっかりお引きうけしましても、人間、できないことはできませんからな」

「いや、お前にできることだから、たのむといっているのだ」

「ですから、おうかがいいたしましょうと申し上げています」

「きっと引きうけてくれるな」

もう一度、万之助が念を押す。

「できることは、必ずお引きうけいたします」

矢太郎はにっとわらってみせた。

「聞いてから、いやだというなよ」

「手前にできることなら、いやだとは申しません。あなたさまは御主人で、手前は家来でございますからな」

「いやみをいうな」

「まあ、男らしく、ずばりといってごらんなさい」

「それがな、あまり男らしいとはいえぬかも知れぬ」

「それなら、おやめになることです」

「あっさり申すな。これでも一晩中考えてのことだ。よし、いうぞ。実は、あそこへ行ってきてもらいたいのだ」

万之助が指さしてみせたのは、吉井川をわたる岡山街道のあたりである。

「なるほど――」

その境橋《さかいばし》のほとりに、こんもりとした森が小さく見える。先君の息女美保《みほ》姫の住んでいる屋敷で、土地の者は姫屋敷と呼んでいる。

「姫屋敷へ行くのですか」

「そうだ」

「なにしに行くのです」

「わらうなよ。美保姫を妻にしたい。談判してきてくれ」

「なるほど。男らしく、ずばりと申されましたな」

矢太郎はちょっと当惑した。

先君直行《なおゆき》には世子がなく、舎弟直茂《なおしげ》が当主をついだ。万之助はその若狭守直茂の嫡子だから、兄の一粒種である美保姫をめあわせて平松家をゆずりたい心があったが、なぜか美保姫をあずかって育てた後見役たる神尾主膳《しゅぜん》が承知しなかった。表向きの口実は、美保姫は生まれつき病弱で、今こそ健康を取りもどしているかに見えるが、人妻になるとまた必ず病気が出るというのである。

事実、美保姫は子供のころ体質が弱く病《やまい》がちであったのを、主膳がなんとかして丈夫に育ててあげたいと苦労をし、姫に少しずつ剣術のけいこをさせてみた。主膳は若いころ江戸へ出て、京橋浅利河岸《あさりがし》の桃井春蔵《しゅんぞう》から鏡心明智流《きょうしんめいちりゅう》の免許を得ているくらいだから、無論、人まかせにはせず、自分が手を取って教えこんだのだ。

幸い、この荒療法が効いたか、これで無事に育つかと案じられた姫の体は、年ごとに健康になり、自然剣の方も大いに上達して、今年は十八歳になるが、今でも毎朝道場へ出て腰元を相手に竹刀《しない》を取らぬ日はない。藩士の娘たちのうちには、わざわざ姫屋敷の道場へ通ってけいこをうけている者もかなりある。

「おかげで、わが藩の娘どもは、気が荒くなっていかん」

若侍の間にそんな声のあるのは、その娘剣士をくどいて竹刀でぶったたかれた組ではあろうが、美保姫もまた、一度男組と御前試合をしてみましょうかといっているとかで、娘組の鼻息がこのごろすこぶる荒くなっているのも事実だった。

「女のくせに生意気千万だ。なあに、たかがお姫さま剣術、ひとつ、こっちから姫屋敷へ道場破りに行って、ぎゅっという目にあわせてやるか」

男組にもそう息まいている硬派があったが、なんといっても相手は先君の息女であり、そのゆえをもって当主が特に大切にしている美保姫では、無論そんなことは実現不可能である。それを無理にやってのける乱暴者があったとすれば、閉門か、悪くすれば永のいとまを覚悟しなければならないだろう。

そのまた美保姫が、そういう武張った雄々しい好みにもかかわらず、藩中に並ぶもののない美貌《びぼう》の持ち主で、しかも大名の血筋だから、高雅《こうが》幽艶《ゆうえん》、なかなかの人情家だとも、一方ではいっている者もあった。

万之助も、矢太郎も、昨日遠乗りの帰りに、偶然その美保姫さまにぶつかって、一問題起こしてしまったばかりなのである。

昨日は朝から主従十数騎で野駆けをやり、途中で弁当を使って、岡山街道を吉井川のほとりまで引きかえしてきたのは、八ツ（二時）少し過ぎたころだった。

「見ろ、矢太郎。花が咲いている」

万之助にいわれるまでもなく、川のこっち側の土手から田んぼへかけて、対岸の姫屋敷の腰元たちが十五、六人、摘み草に興じている。その紅だすきがけでおもいおもいに散らばった姿が、まるで花が咲いたように美しい。腰元たちは矢がすりの着物に黒繻子《くろじゅす》の帯だが、中に一人、派手な友禅模様の衣装に錦の帯をしめた姿が目立ったのは、いうまでもなく、姫屋敷のあるじ美保姫であろう。

「なるほど、花が咲いたようですな」

ただそれだけで通りすぎてしまえばなんのこともなかったのだが、

「姫君にあいさつをしていかなくては悪いでしょうな」

と、つい口に出てしまった。

「そうだな。あいさつの使者、矢太郎に申しつける」

こっちからあいさつをすれば、なんといっても世子のことだから、美保姫は道端まできて答礼をしなければならない。万之助はおもしろがって、すぐに馬をとめてしまった。

「はっ」

しまった、余計なことをいうんじゃなかったと思ったが、自分がいい出しっぺだからしようがない。矢太郎はひらりと馬からおり立った。馬上から美保姫の答礼をうけるのはいい気持ちだろうが、馬からおりてのこのこ野良道を女たちの中へ入っていくのは、あまりいい図ではないし、いささか照れもする。それでなくてさえ、腰元どもは口がうるさいのだ。

「おや、相良さまですわ」

「姫君さまに、なんの御用でしょうか」

「ことによると、試合かも知れませんわ。あの方は腕自慢でございますから」

聞こえよがしの声が耳に入り、摘み草の手をとめて、みんなの目がじろじろこっちへ集まっている中を、なにをぬかすか、おちゃっぴいめらと、矢太郎はまっすぐ美保姫のいる方を向いて、野良道を進んだ。

美保姫は土手下の小道にすらりと立って、こっちを待ちうけ、そばに老女笹岡《ささおか》と、腰元二人がひざまずいている。

——しかし、美人だなあ。

顔がはっきりとわかるところまできて、矢太郎はいまさらのように内心感嘆してしまった。無論、初めて会うというのではなく、式日には姫君も登城することがあるし、近習の中ではいちばん名門の方だから、主君在国の折は、時々なにかの使者として姫屋敷へつかわされたこともある。いわば子供のころからの幼なじみだ。

いや、子供のころの方が、今は江戸の旗本に縁づいている叔母《おば》が一時美保姫のお守り役をつとめていたことがあるので、もっと親しかったともいえる。

が、久しぶりで、いまこの野っ原の中で見る美保姫は、もうすっかり女になりかけて、気品も備わり、あくまで健康そうにいきいきとした美しさをたたえている。それは野におりたつるとも見えるし、野に咲いた名花一輪とも見られる。

「姫君、失礼いたします」

小腰をかがめて近づき、作法だから前へ出てひざまずこうとすると、

「矢太郎、その辞儀にはおよびませぬ。今日は野遊びですから」

と、美保姫はにっこりしながらいった。

「しからば、お言葉に甘えます」

「あれにおいであそばすのは、お城の若殿さまのようでございますね」

「はあ、万之助さま野駆けの帰途、ここへ通りかかられ、美保姫さまのようであるから、黙って通りすぎては悪い、あいさつをしてまいれと申しつけられ、まかり出ましてござります」

「御苦労です。それでは、姫もごあいさつに出なければなりませんね」

「はあ、もし一杯なりと湯茶の御接待をいただければ、我々一同駆けどおしで、のどがかわいておりますから、ありがたきしあわせにございます」

矢太郎はまた余計なことをいってしまった。

紅だすき試合

矢太郎の先導で、美保姫がしずしずと街道の方へ歩き出すと、花のようにちらばっていた腰元たちも、黙って見ているわけにいかないから、みんな紅だすきを外し、すそをおろして、ぞろぞろと姫君のうしろへ集まってきて、歩き出した。
十四、五人も集まると、派手な娘子《ろうし》軍だけに、ちょいと見ものである。
馬上の男組は、みんな目をみはって、どうやら固くなっているようだ。こうなると、男の方が先に照れるものらしい。

「若殿さま、お遠乗りでございますか」

美保姫は万之助の前へ出ると、しとやかにおじぎをしてから、悪びれた様子もなく、馬上を見あげてはきはきといった。

「そうです。野駆けをこころみてのもどりです。ここまでくると美保どのを見かけたので、黙ってほこりをあびせて通りすぎるのも無礼と存じ、矢太郎をあいさつに出しました」

「御丁寧に恐れ入ります。矢太郎にうかがいますと、みなさまのどがかわいて、湯茶がほしいとのこと、よろしければ美保が接待いたしましょう、屋敷へお立ち寄りくださいませ」

「それはかたじけない。所望いたそうかな」

若殿はすぐにその手に乗ってしまった。もっとも、その時からもう、美保姫の美貌《びぼう》に目をうばわれていたのかも知れない。

一同は対岸の姫屋敷へ案内されて、馬を玄関前の庭へつなぎ、長居はせぬつもりだから座敷へはあがらず、広間の廊下を借りることにした。

さっそく、腰元たちが運んでくれた熱い渋茶を、一同がおもいおもいにのんでいると、

「若殿さま、今日のお供の中では、どなたがいちばん剣術がお強いのでございますか」

と、廊下近くへ座って、腰元たちの茶の接待ぶりをながめていた美保姫が、なにげなく挑戦の第一矢を放ってきた。

「いや、この若者どもは日ごろわしが目をかけている者たちばかりだから、みんな強い」

若殿のこの返答は立派だと、矢太郎は大いに感心した。

「おうらやましゅうございます」

「そういえば、美保どのの腰元衆も、みんな、なかなかつかい手だそうですな」

これは若殿のお世辞だった。

「いいえ、ほんのまねごとですの。いざという時に、こんなことで役に立ちますかどうか、――若殿さま、よい折でございますから、一手ためしてみていただけませんでしょうか」

美保姫は試合とはいわずに、やんわりと持ちかけてきた。すみにおけない姫君である。

乗らなければいいがなあと、その時、矢太郎は思った。女を相手に、勝っても自慢にはならないし、万一負ければ、それこそ負けた者の名に傷がつく。なんの益にもならない無用の腕好みなのだ。さすがに若殿も、おとなげないと思ったのだろう。

「いや、男は竹刀《しない》を持つと、荒っぽくなる。けがでもあると、嫁入り前の娘に傷がつくことになりますからな」

「いいえ、荒っぽいことにはみな慣れておりますから。それに、いつもは女たちばかりで、こういう折でもございませんと、男の方にけいこがつけていただけませんもの」

あくまで下手に出られると、そこはこっちは男という自信があるから、

「では、道場を拝見しますかな」

と、どうやら若殿の心が動いてきたようだ。

「あの、今日は技をためしていただくのでございますから、真剣のつもりで、道具はつけずに、ここで竹刀でおけいこをいただきたいと存じますの」

「それはちと乱暴のようですな」

若殿があきれているうちに、姫君の方には、前からそういう下心がちゃんとあったのだろう、

「楓《かえで》、おけいこをいただきなさい」

と、美保姫は廊下に並んで控えている腰元たちの方へ、さっさといいつけてし

まった。

「はい」

悪びれずに両手をつかえておった楓という腰元は、年ごろ十八、九、色は白い方ではないが、きりっと整った潑剌《はつらつ》とした面立《おもだ》ちで、上ぜいもあり、見た目は娘だけにすらりと、しとやかそうな姿形だが、どこかにがっしりとした強さがひそんでいる体つきだ。動作もきびきびとしていて、すぐに用意の白はち巻きをしめ、緋縮緬《ひぢりめん》のたすきをかけ、小褄《こづま》をきりっとしごきでたくしあげて、足袋《たび》はだしのまま庭の芝生へおり立つ。

その間に他の腰元たちが道場から竹刀を二本運んできて、庭へ組み合わせる。試合というより、なにか芝居でも見ているようで、派手なことになったなあと、若侍たちは顔を見合わせていたが、こうなっては若殿ももうだれか相手を出すほかはない。

「三之丞《さんのじょう》、相手をせい」

運ばれた武村三之丞は、小野派一刀流の目録で、近習《きんじゅう》仲間では上の部に入る腕前だ。おとなしい性格だから、若殿はわざと彼を選んだのだろう。

「はっ」

三之丞は多少照れながら、身支度をして、これも足袋はだしで芝生へ出る。と、双方若殿と姫君の方へ一礼してから、向かい合い、

「お手やわらかに」

「わたくしこそ」

あいさつをかわして竹刀を取り、ぱっと左右にわかれた。定法どおり相青眼である。

が、この若殿の人選は少し考えすぎて、誤りだったようだ。三之丞はおとなしい性格だから、素面素籠手《すめんすこて》の娘は、どうにも打ちきれない。

しかも、相手の楓は腰元中でも一番のつかい手で、ひょっとすると師匠たる美保姫より実力はあるかも知れないのだ。腕前からいっても、おそらく免許に近いだろう。それが力一杯に闘志をみなぎらせて、三之丞のためらい気味に、いまだ気合いが乗りきらずにいるところを、

「えいっ」

遠慮なく真っ向から鋭く打ちこんだ。女ながらもすこぶる敏捷《びんしょう》な太刀さばきで、さすがにはっと身をかわしたから面は打たれずにすんだが、ぴしりと肩へ竹刀が鳴った。

「まいった」

「失礼いたしました」

一方があざやかなら、一方はあんまりにもあっけなさすぎる。どっと腰元たちの間から拍手がおこった。

「見事ですなあ、姫君」

若殿万之助は苦笑するほかはない。

「お恥ずかしゅうございます、どなたか、こんどはどうぞ御遠慮あそばさないで」

美保姫は、うれしそうな顔をして、自信たっぷりだ。

「波之助《なみのすけ》、やってみい」

大山波之助は免許の腕で、近習仲間では矢太郎と一、二を争っているつかい手だ。相当人見知りをしない胆力を持っている。

「はっ」

と答えて、ゆうゆうと出ていったが、なんといっても相手は妙齢の娘だ。せめて道具をつけていれば思いきってやれるのだが、素面素籠手では、どこへ竹刀がきまっても、手心をしないとけがをさせそうで、なんとも具合いが悪いらしい。

その手心というやつが、勝負にはいちばん禁物なのだ。

「ごめん」

黄色い声を出して、春風に派手な裳《もすそ》をひるがえし、楓の竹刀が面へ飛ぶのを、さすがに波之助は引っ払って、得意の体当たりに出ようとしたが、はっと気がついて手心を加えたとたん、楓はまったく軽妙な竹刀さばきの持ち主で、

「えいっ」

ひらりと飛びさがりながら、波之助の籠手を引き切りに打ちこんだのである。

「まいった」

またしてもどっと腰元たちの間から拍手がおこる。

「どうもいかん」

波之助は頭をかきながらさがってきた。

「矢太郎、出ろ」

こうなると若殿も引っこみがつかなくなったらしく、いくぶん顔色が変わっていた。

「おやめなされませ。これ以上は無用のたわむれでございます」

矢太郎は、わざとあっさりいってのけた。なんとか男側の面目を立てなくては

ならないからである。

「矢太郎、それはどういうことです」

美保姫がたちまち聞きとがめてきた。

「楓どのは見事なお手の内、決して負け惜《お》しみは申しません。今日の勝負は男の負けでございます。しかし、これ以上やりますと、男の面目にかけても、いきおい荒っぽくなりますので、竹刀でもけが人が出ます。御無用になされませ」

「女の剣術は、物の役に立たないと申すのですか」

「そうは申しません。姫君は剣技の徳によって健康を得られました。それはそれでよいのです。しかし、真の武道は、いざという時に身の守りになればよいので、試合をたのしむのは邪道です」

「矢太郎、そなたの真の武道を見せてください。試合をたのしむのではなく、姫が本気で相手をしましょう」

勇ましい姫君はよっぽど悔しかったらしく、もう顔色を変えて立ち上がっていた。もっとも、今の二度の勝負は、男側が飴《あめ》をなめさせたのだとはっきりいっているのだから、これは悔しがるのが当然だ。

「困りましたなあ。相なるべくは御辞退申し上げたいのです。おけがをなさるといけませんからな」

「かまいません。男らしくお立ちなさい」

美保姫はとうとう本当に怒ってしまったようだ。

よし、それならやってやれ。姫君はお山の大将で、多少慢心の気味なしとしない。生兵法《なまびょうほう》は大けがのもとということもあるし、まして女の腕好み、今のうちに思い知らせてやる方が親切だ。矢太郎はそう考えたので、

「それでは、お相手いたします」

と、立ち上がった。

「矢太郎、大丈夫か」

姫君があっちで身支度を手伝わせている間に、若殿がそっと心配そうに聞いた。こんど矢太郎が負けると三度目で、以後一藩の若侍は娘子軍に頭があがらないことになるのである。

「大丈夫です」

矢太郎は自信がある。相手を女だと思って、遠慮さえしなければいいのだ。無論、油断は禁物だが、全力をつくして、それでも姫君に本当に勝てなければ、いさぎよくかぶとをぬぐだけの話である。勝負は強い者が勝つにきまっているのだ。

負けたらまた修業をしなおす、それでいいのである。

「矢太郎、美保と思って遠慮には及びません」

たすき、はち巻き、かいがいしく、小褄を取って芝生へおり立った姫君は、内心すこぶる怒っているだけに、いきいきとして輝くばかり美しかった。

「真の武道に遠慮はございません」

美人だろうが、姫君だろうが、一度竹刀を取って立てば、敵は敵なのだから、矢太郎はてきぱきとやりかえす。

「いざ――」

「まいれっ」

「おうっ」

竹刀を引いて、ぱっとわかれる。溌剌たる姫君の身のさばきは、のびのびとして、勇ましくて、しかもあでやかで、まったくうっとりとするような好ましい姿だ。が、その美しさに少しでも心を引かれて、見とれたら負けだ。それに、子供のころから健康療法の必要上、やむにやまれず神尾主膳が手を取って丹念に仕込んだ腕前だから、なかなか侮《あなど》りがたいものがある。

――しかし、美人だなあ。

ほおを紅潮させて、涼しい目をきらきらと闘志に輝かせている美保姫は、まったくすばらしい。これこそ美の極致、天下の名花だと思ったとたん、その雑念がいけなかった。どこかにゆるみが出たとみえ、

「えいっ」

さっと疾風の太刀が頭上へ飛ぶ。かわすすきがないから、はっと危うく引っ払って飛びさがる。

「とう」

二の太刀が息もつかせず胴へくるのを、くそっと立ち直って、これは柄《つか》の間でがっきと受けとめた。姫君がひらりと身を引こうとするところを、そこは男と女の修業の相違で、わずかに敵の籠手にすきが見えたから、

「とうっ」

うっかり、力一杯、飛燕《ひえん》の太刀が逆襲する。しまったと気がついた時には、思わず竹刀を取りおとした美保姫が、右の手くびを左の手で押さえながらそこへうずくまってしまっているのだ。

「姫君、大丈夫ですか」

なんといっても先君の息女、当主がこの上もなく大切にしている美保姫さまな

のだから、けがをさせては一大事だ。狼狽《ろうばい》しきった矢太郎は、もう勝負どころではなく、竹刀を投げすて、いきなり姫君のそばへ駆けより、打った右手を取って、赤くはれあがった手くびを夢中でさすってやっていた。

「痛い、矢太郎」

姫君がまゆをひそめる。

「我慢なさい。よくもんでおかぬと、打ち身になります。——困ったなあ」

矢太郎はおろおろせずにはいられない。と、急に美保姫はあたりに気がついたのだろう、

「きらいです」

たちまち目を怒らせて、思いきり矢太郎を突きのけ、あっとあっけに取られている間に、家の中へ駆けこんでしまった。

昨日のことなのである。

恋の使者

「困りましたなあ。手前は姫君に昨日恨《うら》まれていますからなあ」

その怒っているところへ、結婚の話を持ちこんでいっても、うまくいかないにきまっているのだ。

「これは若さま、正式に家老から申し込ませた方がいいのではございませんか」

「逃げるのか、矢太。男らしくないぞ」

若殿はじっとにらみつける。

「逃げるわけではございませんが、物には順というものがございますからな」

「その順はつくした。順ははかばかしくないから、奇襲をかけようというのだ」

「なるほど」

当主直茂は、先君の後を継いだ時から、美保姫を迎えて世子万之助の正室にする腹があったようだ。老臣たちもそれを至極当然のこととして、だれも反対する者はない。ただ一人、姫君の後見役たる神尾主膳が、うむといわないのだ。神尾家は代々城代家老の家柄だから、これがうむといわなければ、当主といえども無理を通すわけにはいかない。

そのために、また、世子万之助の正室がいまだにきまらず、のびのびになってもいるのだ。

「わしの見たところでは、美保姫の健康はもうすっかり回復している。主膳がうむといわぬのは、なにかほかに考えがあってのことか、それとも老人の取り越し苦労か、いずれにしても、これは常識外のことだ。だから、美保姫に直接当たってみたい。いいか、矢太、美保どのにその意志があって、なおかつ主膳が反対しているとなると、そこに常識外の重大事がひそんでいると見なければならぬ。ここだけの話だが、わしは一つにはそれが知りたいと思うのだ」

「なるほど――」

「いや、負け惜《お》しみはいうまい。わしは昨日の美保姫を見て、姫が好きになった。妻にめとりたい。それでいいのだ。たって使者に立ってくれ」

若殿のいうことは立派に筋道が立っている。

「たっての仰《おお》せとあれば、無論後へひく矢太ではございませんが、いまも申すとおり、昨日の今日で、手前はきっと恨まれるだろうと思います。大切な話がこじれはせぬかと、それを心配いたします」

「いや、試合は試合、縁談は縁談だ。まして、矢太の昨日やったことは、男として立派なものだ。その見分けがつかぬようでは、妻にするに足らぬ女ということになる」

「おあきらめなさいますか」

「うむ、あきらめよう。しかし、正直にいうと、わしはそちの押しのずぶとさを買っているのだ。忘れてはいかんぞ」

「あくまでも、くどけと仰せられるのですな」

矢太郎は苦笑する。

「そうだ。ぜひ、くどいてみてくれ。わしは美保姫が好きになったのだ」

若殿は真剣な顔をしている。こう八方破れに出られては、矢太郎もうむと承知せざるをえなくなる。

「大役でございますな。念のためにおうかがいしておきますが、万一、こういうことというものは合縁奇縁でございますから、美保姫さまの方にまったくその意志がございません場合は、いかがなさいます」

「それはあきらめるほかなかろう。ただし、その理由をはっきりと聞いてきてくれ」

「承知いたしました。では、これからすぐにまいってみましょう」

「いうまでもないことだが、必ず二人きりで談じこめよ。そばに人がいると後がうるさいし、姫の方でも本心が出しにくかろう」

「さあ、うまく二人きりにしてくれますかな」

これは容易ならぬ難問題だ。まさか、お人払いをといって、人を遠ざけてからくどきにかかるのも変だ。変というより、そんなことをすれば、かえって老女が用心してしまうだろう。

「矢太、だれにでもできることなら、なにもその方《ほう》にはたのまぬ。必ず吉報を持ってこいよ」

おだてておいて、できそうもない相談を押しつけてしまうのだから、若殿も人が悪い。

「かしこまりました。努力いたしてみます」

「ただ努力するだけか」

「なるべく吉報を持って帰るように努力いたします」

「わしはいま、必ずといったはずだぞ。まあよい。一人で必ずときめても、無理な場合もあろう。なにぶんたのむ」

「はっ」

「馬でまいれよ」

なにからなにまで行きとどいた指図《さしず》なのだからかなわない。

——弱ったなあ。昨日の今日だからなあ。

馬に乗って、城門を出ながら、矢太郎はすっかり気が重くなってきた。

意地悪く門前払いをくわされてもそれまでだし、いや、そこは押しの一手でなんとか姫君に会うところまではこぎつけても、いわば恋の使者、お姫さまをくどかなくてはならないのだから、うんざりする。

しかも、後で若殿の恥にならないようにしなくてはならないし、矢太郎も男一匹だから、あまり恥ずかしいことは口にしたくない。

——下手をすると、またあの巴御前《ともえごぜん》とけんか別れになりそうだな。

主人の重い気も知らないで、春駒《はるこま》はかげろうを踏みながら、ともすれば駆け出したがる。

やがて城下町がまばらになり出して、すぐ向こうに姫屋敷の森が見えてきた。

しびれ武道

「たのうむ」

若殿の使者と名乗って堂々と表玄関から乗りこめる用向きではないので、相良矢太郎は馬を前庭につなぎ、姫屋敷の内玄関へかかって案内を請うた。

「どうれ」

取り次ぎに出てきたのは、十七歳ばかりの利発そうな腰元である。ここの腰元は、みんな女剣客美保姫の門弟なのだから、体つきのなよなよとした弱そうな娘は一人もいない。いずれも骨組みのしっかりした健康そうな腰元たちばかりである。

「おいであそばしませ。どなたさまでございましょうか」

取り次ぎの紫矢がすりは、しとやかにそこへ三つ指をついて聞く。

おやと、矢太郎は思った。昨日きて荒らしていったばかりだから、この腰元が自分の顔を知らないはずはない。それをそらっとぼけて、どなたさまかと聞くようでは、門番に表門をあけさせている間に、早くも自分のきたことが奥へ通じ、なにか仕返しをやるたくらみでもあるのではないか。

十分覚悟はしてきた矢太郎だが、女にはこういう時、案外残忍性があるから、いよいよ油断はできない。

「これはこれは、初めてお目にかかります。手前は当藩若殿づきの近習役《きんじゅうやく》にて、相良矢太郎と申す不調法者です。姫君さまのごきげんうかがいかたがた、昨日の御無礼の段をお見舞いにあがりましたとお取り次ぎ願います」

へたなことをいうと、玄関先から追いかえされるおそれがある。勝ち気な姫君だから、悔しがらせるにかぎると思った。昨日の御無礼の段とは、姫君の籠手《こて》へ一本うちこんで、赤くはれあがった跡をさすのだ。

「姫君さま、なんと申されますか、しばらくおひかえくださいませ」

紫矢がすりは切り口上《こうじょう》にいって、すっと立っていってしまった。

しばらく待たされたのは、奥で、玄関先から追っ払うか、それとも一応座敷へあげるかの評議に手間取ったのだろう。やがて、前の紫矢がすりが出てきて、

「お待たせいたしました。お通りくださいませ」

という。座敷へ通されても、姫君に面会できなければ役目がすまないので、

「お姫さま、御引見くださるのでございましょうな」

と、矢太郎は一本くぎをさしておくことを忘れない。

「はあ、そのお心かと存じます」

「失礼ですが、あなたはなんと申されるお女中ですか」

「弓枝《ゆみえ》と申します」

「弓矢の弓ですか」

「いいえ、梓《あずさ》弓の弓でございます」

「なるほど――」

こっちが矢太郎という名だから、重ねられるのをきらって、わざと梓弓と出たのだろう。こしゃくな、だれが名前なんか重なってやるものかと思いながら、しかし色には出さず、

「いいお名前ですな」

とほめておく。

障子をあけ放して、昨日の庭が見える十畳の表書院へ案内された。

「弓という名は、どうしてよろしいのでございましょう」

茶を運んできた時、弓枝は改めて聞いた。どうも、いちいち姫君に報告して、姫君からなにか指令をうけてくるらしい。

「弓は武士の表道具ですからな。立派なものです」

「では、あたくしは道具なのでございますね」

「そうです。あなたはいまに武士の妻となって、立派な子供を産む道具です」

「まあ」

弓枝は顔を赤くして、逃げていってしまった。

ざまあみろと、矢太郎はちょいといい気持ちになる。

そこまではよかったが、それからまる二刻《ふたとき》（四時間）、矢太郎はその書院で待たされてしまった。矢太郎が姫屋敷へ乗りこんだのは昼少し前で、それから夕方まで座らせられたのだから、これはまったく荒行《あらぎょう》だ。腹はすいてくる、足はしびれる、あくびは出そうになる。しかも、少しでも足を楽にしてやろうと思い、しりの位置を置きかえそうにむずむずやると、どこでそれを見張っているのか、えへんとせき払いをしながら、腰元がしゃなりしゃなりと用ありげに前の廊下を通り、わざとこっちへ丁寧な会釈《えしゃく》をして通りすぎるのだ。あくびが出そうになっても、それだ。

――くそ、敵がその気ながら、おれも相良矢太郎だ。足が腐っても動いてやるもんか。

臍下丹田《せいかたんでん》に力を入れ、泰然と座りとおしていたが、しまいには頭がぼうとしてきて、ともすれば目の前の畳がゆらりゆらりと大波のようにゆれてきそうになる。

――一体、こんなに座らせておいて、どうしようというのだろう。

よっぽど、時々監視に通りすぎるしゃなりしゃなりを呼び止めて聞いてみようかとも思ったが、敵は承知の上でこちらを困らせているのだから、どうせろくな返事はしないだろうし、聞くこと自体が負けということになりそうだ。

――しようがない。あくまでも根くらべだ。

矢太郎は詰め将棋を考えてみたり、子供の時やった論語素読をやったり、なるべく気をまぎらせて精神的な疲労をすくなくしようと心がけてもみたが、それも程度の問題で、腹がすいてくると、将棋の駒がすしに化けたり、論語の書物が豆もちになったりして、たまらない食欲をそそり出す。

――こりゃいかんぞ。尿意を催《もよお》してきた。

こいつにはさすがにまったくまいってしまった。本当はそうたまっているわけでもないのだろうが、一度それが気になり出すと、下っ腹が重くうずき出し、いまにも破裂するんじゃないかと、気が気でなくなってくる。こんなところで、一滴たりと粗相《そそう》があっては、一生の不面目《ふめんぼく》ばかりでなく、場合によっては切腹ものだ。

──だいいち、恋の使者に立ちながら、色消しもはなはだしい。

居びったれの使者、矢太郎は妙におかしくさえなってきて、思わず、あははは、と、情けないわらい声が口に出てしまった。

とたんに、間の大ふすまがするすると左右にあいて、正面床の間を背に美保姫、かたわらに中老笹岡がかしずき、左右に腰元が十七、八人、ずらりと居ながれている。

白に緋羽二重《ひはぶたえ》をかさね、錦の帯、白銀の姫かんざし、金糸銀糸で縫《ぬ》い箔《はく》のある豪華な打ち掛けを羽織った姫君は、そこだけぱっと大輪の緋ぼたんが咲いたようにあざやかだ。

「矢太郎、今のはわらい声でしたか」

姫君がまじめな顔をして、いきなりけんかを売ってきた。

「お耳に入りましたら、お聞き流しをねがいます。ついつまらぬ考えごとをいたしておりましたものですから」

「どんな考えごとです」

まさか居びったれのことだともいいかねる。

「はあ、昨日のことを、つい――」

「それにしては、泣くような声でしたね」

「はあ、今日は空腹でございますので、腹に力がございません」

「空腹の時、姫が昨日負けたかっこうを思い出すと、なにかおなかがくちくなるおまじないにでもなるのですか」

今日のお姫さまは、なかなか理屈っぽい。

「手前はごきげんうかがいに出まして、小半日もお待ちいたしましたが、人を待たせると、なにか籠手のはれがなおるおまじないにでもなるのでございますか」

矢太郎も負けてはいない。

「籠手など、もうはれてはいません」

姫君はぷっとふくれて、急に思い出したように、

「矢太郎、論より証拠、見せてあげますから、遠慮なくそばへ寄りなさい」

といいつける。寄れといっても、矢太郎は足がしびれて立てないのだ。そこがまた姫君のつけめなのだろう。

「手前は立てません」

「どうしてです」

「足がしびれました」

腰元たちがくすくすとわらい出す。

「立てなければ、はっておいでなさい」

「犬のまねはいやでございます」

「それなら立っておいでなさい。姫のいいつけです」

こっちのころぶのを見てわらい物にしなければ、どうしても気がすまないのだろう。

——そうだ、こっちにはまだ後に大切な仕事が残っているのだ。よし、ここは一度わらい物になろう。

韓信《かんしん》は大望をなしとげるために市人《いちびと》の股《また》をくぐった例もある。

「矢太郎、なぜ進まないのです。姫がせっかく証拠を見せてあげるというのに、そなたは姫のいいつけに背《そむ》く気ですか。お立ちなさい」

「矢太郎さま、お姫さまの申しつけです。お立ちあそばせ」

楓という昨日三之丞と波之助の二人まで打ちこんだ強い腰元が、きっとした声でうながしながら、その目が素早くまばたきしている。御意《ぎょい》にしたがいなさいと、すすめているような好意を感じるまばたきだ。

「はっ、立ちます」

どうせころぶ気だから、矢太郎は思いきってぐいと立ち上がった。まったく知覚のない足だから、まだ一足も歩かないうちに、どすんと前へ突んのめってしまった。

「無念――」

ただそれだけならいい、ぶっ倒れた瞬間、じいんと痛いような、くすぐったいようなしびれが全身へ走って、どうもがいてみても急には起き上がれそうもない。

「ほ、ほ、矢太郎、それがそなたの真の武道ですか。立派な武道ですこと」

どっと腰元たちがわらい出した。箸《はし》がころがってもおかしい年ごろの娘たちだから、一度わらい出すとどうしてもわらいが止まらない。

「矢太郎、ゆっくり休んでまいるがよい」

美保姫は昨日からの鬱憤《うっぷん》がやっと晴れたのだろう、そういい捨てると、つと立って奥へ入ろうとする。

「あっ、お姫さま、しばらく――」

このまま追いかえされたのでは、恥のかきっ放しだし、だいいち大切な使者の役目が果たせない。矢太郎はぶっ倒れたまま必死に叫んだ。

「なんです、矢太郎。寝たままで無礼でしょう」

姫君が立ったままなじる。

「はっ、ただいま起きます。起きてから、矢太郎、こんどこそ真の武士道をお目にかけますから、しばらくお待ち願います」

「おや、ほかにもまだ真の武士道があるのですか」

「はい、武士道とは恥を知ることでございます。寝ながらでまことに申し訳ございませんが、矢太郎、ただいま起きて、腹を切ってお目にかけます」

ぴたりと腰元たちの笑いがやみ、美保姫の涼しい目にびっくりしたような色がうかんで、じいっと矢太郎を見おろしていたが、そのままさっと搔取《かいど》りをさばいて奥へ入ってしまった。

腰元たちがしいんとなって、姫君の後を追う。

しっかり腰元

――やれやれ、えらいことになったもんだ。

広間にたった一人、またしても置いてけぼりをくった矢太郎は、どうやらしびれもいくらかおさまったので、むくりと起き直り、両足を投げ出して、ゆっくりひざのあたりをなでさする。

たとえ冗談にもこっちが腹を切るといったら、それには及びませんぐらいのことはいってくれるだろうと思っていた。その尾について、またけんかの吹っかけようもあるし、臨機応変、なんとか二人きりになる機会をつかんでやろうと、たかをくっていたのだが、こうして知らん顔をして引っこまれてしまったのでは、一人で相撲はとれない。

いや、むしろお姫さまのほうで、腹など切れるものか、切る気なら切ってごらんなさいと、たかをくって黙って引っこんでしまったのかもしれない。

それならそれでなおさらのこと、男が一度腹を切ってみせますと口に出していってしまった以上、このままのめのめと生きてこの屋敷を出るわけにはいかなくなってしまった。足がしびれて前にのめったのは、半分は覚悟してそんな醜態《しゅうたい》をさらしたのだから、目的さえ達すれば韓信の股《また》くぐりと同様、武士の恥辱にはならない。しかし、切腹してみせますといって腹を切らないのは、いかにも臆《おく》したようで、このまま生きていると、前の突んのめりまでが醜態になってしまうのだ。

――どうもしようがない。これを持って生まれたこれまでの命とあきらめて、いさぎよくここで腹を切るか。

そう考えて、矢太郎はなんとも情けなくなってくる。同じ腹を切るにしても、姫君の見ている前なら切りばえもするが、一人ではどう芝居のしようもなく、張り合いのないことおびただしい。

「矢太郎、お前、本当に腹を切る気か」

別の心がびっくりして聞いた。

「おお、切るとも。こうなっちゃしようがないじゃないか」

「そんなばかげた話があるもんか。お前も案外能がないな。あれは冗談でした、姫君にどれだけ同情心があるかないかを試してみたんですといって、すませてしまうわけにはいかないのか」

「そうはいかないさ。そりゃ、こんなことで腹を切るのはばからしいには違いないが、人間どたん場へきて逃げをうつぐらいみっともないことはない。だいいち、腹を切るなんてことは、そう軽々しく口にするもんじゃなかったんだ。それをうっかり口にしてしまって、口にした以上実行しないとなると、いよいよ人間がおっちょこちょいになってしまう。おっちょこちょいは、生きていたって、今後人が相手にしなくなるからな」

「それはそうだ。すると、いうべからざることを軽々しく口にしたってのが、いちばんいかんのだな。口はもっと慎重にきくべきだったんだ」

「うむ。いまさら後悔したっておそい。いさぎよく軽率の責任をとろうじゃないか」

「よかろう。じゃ、おれも黙ってあきらめることにする」

別の心もどうやら納得したようだ。そして、足のしびれも完全になおった。折から春の夕暮れはようやく水色にたそがれかけて、庭はまだ明るいが、広間のすみには薄やみがしのび寄り出したようである。

矢太郎はきちんと座りなおした。

さて、いよいよ腹を切るとなると、こいつは冗談では切れない。さすがに矢太郎も武士の子だから、しいんと心気がすんできた。おのずと作法は心得ていて、まずぴたりと城のほうへ両手をつかえた。もう芝居じゃない。

「若殿、日ごろの御懇情《ごこんじょう》、ありがとうございました。わしはおっちょこちょいで、ついにあなたのおいいつけを果たすことができませんでした。深くおわびつかまつります。矢太郎はここで死んでも、主従は三世のたとえ、きっとあなたのよい友達でありたいと思います。さようなら」

ありありと万之助君の顔がまぶたにうかんできて、よきけんか友達であっただけに、じいんと胸が熱くなってくる。

それから、矢太郎は家のほうへ向いておじぎをした。

「父上、わしは腹を切ります。事の行きがかりで、どうもしようがありません。わしはあなたの一人っ子だったから、あなたはきっとばかなやつだと嘆くでしょう。どうか、嘆かないでください。わしは死んだおふくろさまのところへ行って、これからは二人でお父さんの無事を祈ることにします。いつまでも長生きをしてください。わしはわがままで、あんまりいい子ではなかった。どうもすみません。では、お別れします」

父の顔があきれたようにじいっと自分を見つめている。矢太郎は急に涙がでてきそうになった。

――こりゃいかん。涙を流して腹を切っている図なんてのは、あんまりかっこうのいいもんじゃなかろう。涙のでないうちに、早く腹を切ってしまうことだ。

矢太郎はいそいで着物のもろ肌をぬぎ、襦袢《じゅばん》一枚になった。差し添えを抜いて、冷たい切っ先をためし、よく切れそうだなと思いながら、右の襦袢のそでで半ばごろをくるくると巻く。そこを右手でつかんで、左手で腹をなでた。

後はもう一気に腹の皮をすっと一文字に切り、かえす刃《やいば》でのどを貫けば、相良矢太郎二十五年の生涯はそれで終わるのである。

「さらば――」

心静かに目を閉じて、正に刃を突き立てようとした時、

「相良さま、しばらくお待ちなさいませ」

すっとそこへきて座った者がある。思わず目をあけると、楓がただ一人座っている。

「やあ、楓さんでしたな」

男一人が腹を切ろうとしているのに、きゃっともすんともいわず、座って静か

に声がかけられるのは、よっぽど肝のすわった娘に違いない。

「失礼でございますが、本当にお腹を召す気でございますか」

さすがに顔色だけはいくぶん青ざめている。

「はあ、本当に切ります。楓さんは腕が立つから、介錯《かいしゃく》してくれるとありがたいな」

「相良さまは、姫君の今日のお仕打ちをお恨《うら》みになって、そのためのお腹なのでございましょうか」

じいっとこっちの顔色を見ている。

「いや、わしは人は恨みません。自分の口から、腹を切ってみせますと、つい姫にいってしまったので、それを実行するだけのことです」

「では、しばらくそのままでお待ち願います」

「どうするんです」

これは我ながら愚問だった。楓は姫君のいいつけで自分を物陰から監視していたに違いないのである。

「いや、かまわんです。待てとおっしゃるなら、このまま待ちます。もうここまでくれば、いつでも死ねますからな。別にいそぐこともありません」

「きっとでございますね」

「わしは多少軽率なところはあるが、約束は堅い男です」

「ほ、ほ」

楓は思わずわらいながら、安心したような顔をして、すっと立っていった。

――人が腹を切ろうっていうのに、ほ、ほ、ときた。いい度胸の娘だな。

矢太郎はなんとなくくすぐったい。どうも変な気持ちだ。どうせ、楓は姫君のところへ相談に行ったのだろうから、なんという返事がくるか。

「かまいません。勝手にお切らせなさい」

とくれば元々だが、切ってはなりませんとくれば、もう一芝居しなくてはならない。こいつ脈がありそうだと見るのは、人間のあさましい欲というやつだろうか。

春宵《しゅんしょう》

「相良さま、お待たせいたしました。どうぞこちらへお越しくださいませ」

まもなく楓があらわれて、そこへ両手をつかえた。

「どこへ行くのです」

「あたくしが御案内いたします」

行く先は教えない。

「このままのかっこうで行くのですか」

「いいえ、お刀をおさめて、お肌を入れてくださいませ」

「承知しました」

まだ安心するには早いが、どうやら命だけは助かりそうなので、矢太郎は刀を鞘《さや》におさめ、もろ肌を入れる。

それと見て、楓は黙って立ちあがり、廊下からくつ脱ぎの庭下駄をはく。

——はてな、どこへつれていこうというのだろう。

矢太郎も黙って庭下駄をはく。庭はもう紫色にたそがれてきていた。楓は泉水のほとりをまわって、築山へのぼっていく。そこの若葉の林の中に四阿《あずまや》があって、思いがけなくも美保姫がただ一人、毅然《きぜん》たる姿で立って待っていた。姿は昨日のふだん着にかわっている。

「姫君さま、おつれいたしましてございます」

　楓はそう告げて、姫君が鷹揚《おうよう》にうなずくと、それが約束にでもなっているのか、黙って会釈《えしやく》をして、さっさと築山をおりていく。

　思いがけなくも、二人きりという絶好の機会が到来したのだ。矢太郎はあんまりうますぎてぽかんとせずにはいられない。

「矢太郎、そなたは本当に腹を切る気だったのですか」

　姫君は怖い顔をしてにらみつけている。

「はあ、そのつもりでございました」

「美保に面《つら》あてにですか」

「そんなけちな了見はございません。姫君に真の武士道を見ていただきたかったのです」

「あんなことぐらいで死にたくなるなどと、そなたはうつけ者です。男のくせに弱虫です。姫は弱虫は大きらいです」

　美保姫はなにが気に入らないか、一人で怒っているようだ。

「弱虫ではないのですが、実は男だから、死ななければならなかったのです」

「いってごらんなさい。男は足がしびれると死ななければならないのですか」

「いや、そうではないのです」

「足がしびれれば、だれだってころびます。そんなことぐらい、ちっとも男の恥ではないではありませんか。姫はただほんのなぐさみに、そなたをしびれさせてみただけですのに、腹を切るなどと、そなたはうつけ者です」

ああ、そうかと、矢太郎はやっとわかった。姫君は自分のたわむれにすぎたことを、ひどく後悔しているのだ。本当はごめんなさいといいたいところだが、わがまま育ちだから、それがすなおに口に出せない。だから、どうしていいのかわからず、ぷんぷん一人で怒っているのだ。

——いいお姫さまだなあ。

矢太郎はすっかりうれしくなってしまった。

「姫君、手前はどんなにしびれが切れても、姫君をうらむなどと、そんな気持ちは毛頭ありません。ほかに、どうしても切腹しなければならないわけがあったのです」

「どんなわけです。申してごらんなさい」

「はあ、申します。矢太郎、たのみがあると申されました」

絶好の機会がきたのだから、矢太郎はいよいよ切り出す。

「だれが申したのです」

「姫君、おかけになりませんか。手前は昼飯を食っていないので、体に力がございません」

立っているのがどうにも大儀なのだ。

「おかけなさい。許してあげます」

「ありがとうございます」

矢太郎は遠慮なく瀬戸の床几《しょうぎ》に腰かけさせてもらうことにした。

「さあ、お話しなさい」

姫君は少し離れて立ったまま、毅然といいつける。

「なんでございましょう、おうかがいいたします、と手前がいいますと、若殿は、ただうかがうだけかと、手前にけんかを売ってきました。主人たるわしが、矢太郎にたのみがあるといったからには、なんなりとお引きうけいたしますというのが家来たる者のつとめだと仰《おお》せられるのです」

「万之助さまはわがままですね」

「はあ、しようがありませんから、手前にできることなら、必ずお引きうけしますといいますと、それは無論お前にできることだ、しかし、聞いてからいやだというなよと、念を押されました。まあ、男らしくずばりとおっしゃってごらんなさい。よし、申すぞ、わらうなよ。わらいません。美保姫さまのところへ行ってまいれと申されました」

「なにしに行けと仰せられるのです」

「妻にしたい、談判してきてくれとおっしゃるのです」

矢はついに弦を放れた。

あっと姫君は棒立ちになったようである。その表情は硬い。ここでお帰りなさいなどと一喝《いっかつ》されては大変だから、

「手前はこまると申し上げました。昨日御無礼を働いたばかりでございますからね。ああ、姫君、昨日は大変申し訳ないことをいたしました。お手はなんともございませんか」

と、わざと話をそらせてみる。

姫君は答えない。

「姫君にもしものことがあっては、それこそ矢太郎はいきていられませんからね。お手は痛みませんか」

「痛みます」

「本当ですか」

こんどは矢太郎があっと棒立ちになる番だった。

「ごらんなさい、矢太郎、まだこんなにはれています」

姫君がつと右の手を出してみせる。

「拝見いたします。ごめん——」

矢太郎はひざまずいて、その白い手を取り、目を近よせてみたが、すでに日はとっぷりと暮れ、月あかりはあるが、はっきりとわからない。が、なんとなくそこだけ黒く色がついていて、なでてみると、たしかに地ばれがしているようだ。

「痛い、矢太郎」

「困ったなあ。昨日すぐ、よくおもみになったんでございましょうな」

「もみました。でも、姫はこの手が使えなくなるかもしれません」

「そんなに痛むのですか」

矢太郎はいまさらながら狼狽《ろうばい》して、思わずその手をもみはじめる。

「痛いというのに」

「いいえ、痛くてもよくもんでおかなければだめです」

こいついよいよ切腹ものだぞと思い、それより、もし本当に姫君の右手が利かなくなったらどうしようと、心から心配になってくる。

「医者に見せましたか、姫君」

「いいえ、まだです」

「それはいかん。もし不具になったら大変だ。すぐ医者を呼んでください」

「美保はもうかたわですから、万之助さまのおおせにはしたがえませぬ。かたわでは大名の奥方にはなれませぬ」

それが姫君の返事だったのだ。が、矢太郎はもうそれどころではない。

「いや、わしは姫君をかたわにはしません。命にかけて、この手はきっとなおしてみせます。人の一心が神に通じないということはありません」

「いいえ、姫はかたわになってもいいのです」

「そんな、そんな情けないことはおっしゃらないでください」

矢太郎は悲痛な声を出しながら、姫君の手をもみつづける。

「矢太郎、姫がかたわになったら、そなた、どうします」

「切腹します」

「おばかさんですね、矢太郎は」

「しようがありません。困ったなあ」

「困ることはありません。姫はかたわになったら、そなたのお嫁になるばかりです」

「なんですって」

「そなたは、あの、かたわのお嫁はいやですか」

これはまた大名の息女だけに、実に堂々たるくどき方だ。

矢太郎はわが耳を疑い、ぽかんと姫君の高雅な顔を見上げて、腹に力はないし、なんとなく目がまわりそうだ。

「どうしたのです。どうして、もう手をもんでくれないのです。姫がかたわになってもいいのですか」

あっと気がついて、矢太郎は夢中で白い手をもみ出す。

「矢太郎――」

「はい」

「姫は、姫は昔から矢太郎が大好きでした」

手をもませながら、うっとりと矢太郎の顔を見おろして、姫君は夢のようにつぶやく。

「わしも、いや、手前も姫君が昔から——」

うっかり口に出て、こいつはいかん、慎《つつし》め、相手は姫君だぞと、矢太郎ははっと口はつぐんだが、我にもなく姫君の手を両手でじっとわが胸に抱いているのだ。

「しまった」

「いいえ、放してはいや——」

その肩へ姫君のかぐわしい左の振りそでがふんわりとかかって、若い二人の恋はついに身分を越えてしまったようだ。

甘い春の宵《よい》である。

お姫さま女房

——冗談じゃないぞ。えらいことになってしまったなあ。

宵《よい》すぎに姫屋敷を辞して、甘くぬれたようなおぼろ月の街道を、ぽっか、ぽっかと城下町のほうへ乗馬をかえしながら、矢太郎はぼうぜんとまだ半分夢を見ているような心持ちだった。

若殿の恋の使者であったはずのが、意外にも美保姫のほうから恋をささやかれ、つい有頂天になって、家来の身分でありながら、主家の姫君のくちびるまでぬすんでしまったのだ。まったく言語道断、ありうべからざる椿事《ちんじ》であるが、そのありうべからざる椿事は、すでに出来《しゅったい》してしまったのだから、いまさらびっくりしてみたところで追いつかない。なんと考えても、若殿に対して申し訳のしようがなくなってしまったのだ。

「かまいません。美保ははじめから万之助さまのところへは行きたくないのですもの。ですから、これだけは、いくら爺《じい》がすすめても、美保は承知しなかったのです」

四阿《あずまや》の縁にぴったりとならんで腰をおろし、右の手を矢太郎のひざにあずけてもませながら、姫君は平気でそんなことをいっていた。爺とは無論神尾主膳のことで、すると主膳が万之助と美保姫の結婚をどうしてもうむといわなかったのは、主膳の意志ではなく、姫君の不承知にあったことになる。

「では、主膳どのが今日まで、姫君のお体が心配だからといって、若殿との婚礼を承知しなかったのは、主膳どのになにか考えがあってのことではなかったのですね」

「そうです。爺はお家のためにも、美保のためにも、それがいちばん幸福な道だと、いつも美保を説き伏せようとしました。でも、美保はどうしても気がすすまないので、姫は一生どこへも行きたくないと強情を張りとおしました。しまいには、そんなに無理にすすめると、姫はまた病気になりますよといいましたので、爺はため息をついていました」

「驚いたなあ、どうして姫君はそんなに若殿がきらいなんです」

「きらいだの、好きだのと、美保は万之助さまのことなど考えたことはありません」

「どうしてです」

「そんなことがわからないのですか、矢太郎は。さっきちゃんといったではありませんか。姫は昔から矢太郎が大好きだったと」

あんまりはっきりしているので、矢太郎はぽかんとなって、つい姫君をもんでいる手のほうが留守になる。

「おぼえていますか、矢太郎。まだ浪江《なみえ》がいたころ、矢太郎は時々浪江のところへまいりましたね」

「ああ、叔母《おば》がまだ姫君のお守り役をしていたころ、あのころは姫君はまだ七つか八つでしたね」

「そうです。草の葉をままごとのお客さまにしてあげました」

「姫はよく矢太郎をままごとのお客さまにしてあげました。草の葉を御飯にして、さあお上がりといわれる。本当にたべないとお怒りになるので、わしは口に入れて、おいしいおいしいとかみました。まさかのみこみはしませんでしたが、後で口がいつまでも青くさくて困りました」

　七つ違いだから、矢太郎はそのころ、すでに十四、五になっていた。こっちはもうおとなだから、かわいい姫君だと思ってお相手をしていたのである。一つには両親のない姫君が不憫《ふびん》な気がして、たいていのわがままは聞いてやるようにもしていた。

「ある日、姫は浪江に、大きくなったら矢太郎のところへお嫁に行ってやりますといいましたら、浪江にたいそうしかられました。それっきり矢太郎はここへこなくなって、浪江もまもなく江戸へまいるようになりました。おぼえていますか、矢太郎」

　美保姫はうっとりと矢太郎の手を握って、肩をよせかけながらいう。

「それは初耳です。そういえば、父が急に叔母への使いをいいつけなくなったことはあったようにおぼえています」

しかし、もし自分のあずかる大切な姫君が、たとえ幼心のたわむれにもせよ、家来のところへ嫁に行くなどといい出したら、叔母がどんなに驚いて責任を感じたかは、想像にあまりあるものがある。

「美保はそのころから、矢太郎は親切で男らしいから好きでした。浪江にしかられてからは、そういうことは口にしてはいけないのだと、幼心にもよくわかりましたが、急に好きがきらいになるはずはありません。ですから、美保はその後もずっと、矢太郎のことはそれとなくうわさに聞いて、なんでもよく知っています。そして、昨日試合に負けたのは少し悔しいと思いましたが、そなたはびっくりして、すぐ姫の手をもんでくれました。強いし、やさしいし、やっぱり姫の矢太郎だと思って、美保はとてもうれしかったのです」

「驚いたなあ」

そんなにまでこの美しい姫君に思いこまれていたのかと思うと、矢太郎は幸福でたまらなくなってくる。

「驚く――？ ああ、そんなに好きなら、どうして今日姫があんないたずらをしたのだろうと、ふしぎなのですね。なんでもありません。姫は一度そなたと、こうして二人きりで話がしたかったのです。それには初め意地悪をしておかないと、笹岡や腰元たちが怪《あや》しみます。でも、矢太郎は本当に怒って、切腹しようとするのですもの、姫は楓から聞いてびっくりしてしまいました」

すべては恋というものがつける知恵か、姫君のほうにも初めから二人きりになりたい腹があってのことだった。

「姫君――」

矢太郎は思わず美保姫の肩を抱き寄せようとして、そっと手をひいた。慎《つつし》め、家来だぞという理性が、悲しくも身につきすぎているからである。

「矢太郎、どうして姫を抱いてくれないのです」

さすがに姫君はあくまでおおらかで、度胸がいい。

「わしは家来です。あなたさまはお主さま」

「いいえ、美保はそなたが好きだといっています。矢太郎は姫がきらいなのですか」

「好きです。わしは姫君をたべてしまいたいほど好きだ」

「たべてもかまいません。抱いてください。姫はそなたのところへお嫁に行くのです」

「世間が許しません。御城代が許しません」

「爺には姫からよく話します」

「なりませんというにきまっています」

「許してくれるまで強情を張ります。姫はほかのところへは、どこへも行きませ
ん。姫のだんなさまは矢太郎だけ」

胸にすがりながら、美保姫はうっとりと、世にも美しい目をするのだ。

「姫君――」

矢太郎の青春はついに理性を焼きつくして火山のように燃えあがり、もう名分
も命もいらないと思った。ひしと姫君の肩を胸の中へ抱きしめて、歓喜のあらし
に狂いながら、いつの間にかくちびるをあわせている。それからほおとほおをひ
たと寄せあいながら、

「わしも姫君のほかに、お嫁はもらわぬ」

と、改めて誓った。

「姫は来世のことも考えています」

「そうだ、今生でだめなら来世がある」

「何年も何年も待てば爺はきっと根負けがします。姫がかわいそうだと思うに違

いありません」

　姫君は先の先まで考え、ちゃんと覚悟をきめている。ただ恋に酔っているのではないのだ。心から矢太郎を夫ときめているのである。

「わしは山賊になれないのが悲しい」

　矢太郎は本当にそう思った。

「いいのです。姫はこうして、そなたに抱いてもらいました。もう、そなたのお嫁もおなじです。これからは、いつかはそなたのそばへ行けることがあると考え、それをたのしみに生きていきます」

　それがひょっとすると悲しい恋に終わるだろうということも、姫君は承知しているようだ。

　もうなんにもいわないで、二人は魂と魂が納得するまで、じいっと抱きあっていた。ほのぼのと甘くかぐわしい体温が、触れあっているほお、腕、胸から胸へ溶けあって、もう抱いているのは姫君ではなく、美しい恋人。いや、生まれながらにして定められた妻、そんなよろこびをはっきりと感じてきた。

「姫のだんなさま」

　美保姫が切なげにあえぐ。

「わしの花嫁」

またしても矢太郎はかっと甘美な感情にあおられて、姫君のくちびるへおおいかぶさっていく。

が、そういつまでも楓に見張りをさせておくわけにもいかなかった。それに、矢太郎は時々、なんとしても空腹を忘れることができなかったのだ。

「姫君、もう帰ります」

矢太郎は思いきって姫君の体を放した。

「矢太郎、切腹してはいやですよ」

聡明《そうめい》な姫君は、帰りがけに、かたく念を押していた。

「空腹なのでしょう。それで馬に乗れますか」

そんなことまで心配してくれる。

——つまり、女房気取りというやつなんだ。しかも、矢太郎、矢太郎とお呼び捨てなんだから、かわいいお姫さま女房さ。

ぽっか、ぽっかと乗馬の歩くにまかせながら、矢太郎はお姫さま女房のやさしい心づかいを、しみじみとうれしがらずにはいられない。これで腹さえ減っていなかったら、このよろこびは十倍にも百倍にもなるんだがとも思い、

——冗談じゃないぞ、矢太郎。

と、はっと我にかえる。

よろこんでばかりいられる時ではないのだ。いったい、若殿になんと返事をすればいいのだ。若殿は今日出がけに、

「矢太、だれにでもできることなら、なにもお前にはたのまぬ。わしはその方《ほう》の押しの強さを買っているのだ。必ずうまくくどいて、吉報を持って帰れよ」

と、真剣な顔をして、くれぐれもいっていた。どの顔をさげて、

「はあ、くどくにはうまくくどいたのですが、実は、姫君は子供のころから、手前のお嫁になりたいと思っていたそうでございまして」

とは、いくら矢太郎が押しが強くてもいいきれない。へたをすれば切腹ものだ。だからこそ、お姫さま女房が、矢太郎、切腹してはいやですよと、念を押していたのだ。

といって、ただあいまいに、どうもうまくいきませんでしたと、いい加減な返事をしておくなどということは、矢太郎の気性としてできもしないし、そんなことは侍の良心が許さない。だいいち、うそをついたって、こんなことはすぐにばれてしまうものだ。

――そうだ、こいつはきっと隠しきれるものじゃない。

すでに姫君は自分をだんなさまだと思っているのだし、自分もまた姫君を、かわいい女房だと考えている。これからは、なんとか口実をつけて会いに行きたくなるだろうし、姫君のほうでも呼びつけたがるに違いない。今夜はこっちが腹がすいていたから無事にすんだようなものの、こんど二人きりなる機会があると、勢いのおもむくところ、必ず肌までちぎりを結ばずにはいられなくなるだろう。

――こいつ、子供の火遊びよりあぶないぞ。

しかも、相手はどこまでも主家の姫君であり、こっちは家来だという厳然たる現実の掟《おきて》はどうすることもできないのだ。迷惑が父ならびに一門にまで及ぶことは、火を見るより明らかなことだ。

――しまった。

矢太郎は慄然《りつぜん》とせずにはいられなくなってきた。

父と子

その夜、姫屋敷からまっすぐ屋敷へ帰った矢太郎は、なによりもまず腹をこしらえてから、父頼母《たのも》の居間へあいさつに出た。

「父上、ただいまもどりました」

「おお、帰ったか」

相良家は平松五家といわれ、代々平松家の家老をつとめる家柄で、父頼母は思慮識見を一藩から買われている。いわゆる、よく話のわかるおやじだった。

「矢太郎、お前、今日は姫屋敷へ出向いたそうだな」

父はもうそれを知っている。

「はあ」

矢太郎はなんとなく冷やりとせずにはいられない。

「昨日のおわびに参上したのか」

「いいえ、若殿のお使者でした」

「ああ、若殿から昨日のごあいさつがあったのか。お若いのに行きとどいておられるな」

昨日、姫屋敷で若侍組と腰元組が試合をしたことは、矢太郎も父に話してあるし、もう城下中の評判にもなっているのだ。

「父上、それが少し違うのです。それで、お指図《さしず》をうけにあがったのです」

矢太郎は度胸をすえた。また、その気でもあったから、腹ごしらえのほうを先にして、相談にきたのでもある。

「ほう、どう違うのだ」

「若殿がおおせられるには、ぜひ美保姫さまを夫人に迎えたい、姫君の気持ちはどうなのか、つまり、この婚儀に反対しているのは、後見役の神尾どのの意志によるのか、それとも姫君のお心にあるのか、人をまじえずによく聞いてまいれ、と申しつけられました」

「ふうむ」

父はいささか唖然《あぜん》としたように目をみはる。

「その役は手前ではだめでしょうと、一応はおことわり申し上げました。手前は昨日うっかり姫君の籠手《こて》を取って、ごきげんを損じてきたばかりです。へたにそんなことを切り出せば、かえってこじらせる、適任ではないと辞退したのですが、こんな使者はお前のほかにつとまるやつはない、たって行けとおっしゃるので、あまり自信はなかったのですが、それではおおせにしたがいますといって、とにかく姫屋敷へ出向きました」

「お目にかかれたのか」

「昼少し前に着いて、七ツ（四時）すぎごろまで使者の間で待たされました」

「敵討ちだな。姫君はなかなか気性の勝ったお方だからな」

そこは親心で、父はせがれに同情するような顔色だ。後の話を知らないからだと、矢太郎はひそかにくすぐったい。

「腹は減ってきますし、しびれは切れてくるし、それをまた監視でもするように、腰元どもがじろじろ横目を使いながら、時々用ありげに廊下を通るのです。こっちも男の意地で、あくび一つしません。いいかげん目がくらみそうになってきた時、次の間のふすまがさっと左右にひらきました。正面に美保姫さまが着座され、腰元どもがおもしろがってみんなこっちを見ています。矢太郎、昨日の籠手を見せてあげますから、遠慮なくそばへ寄りなさいと、それが姫君の仕返しなんです。

足がしびれて立てませんというと、立てなければはっておいでなさい。犬のまねはいやです。それなら立っておいでなさい、姫のいいつけですと、姫君はどうしても手前をころばさないと気がすまないようです。それなら、ころんでやれ、こっちはほかに大役があるんだからと思い、無理に立ちますと、案の定、威勢よくすってんと前へつんのめってしまいました」

「それでごきげんがなおられたか」

父もまたわらっている。

「ところが、生やさしいしびれではないので、どうしてもすぐに起きられません。姫君は、矢太郎、それがそなたの武道ですか、立派ですね。ゆっくり休んでおいでなさいと、すっとお立ちになられるので、ここで奥へ入られては大変だ、役目がすまないと思い、姫君、しばらくと、呼びとめました。なんです、矢太郎、寝たままで無礼でしょう。ただいま起きます。起きて真の武士道をお目にかけます。おや、まだほかにも真の武士道があるのですか。はい、真の武士道とは恥を知ることです。ただいま起きて、腹を切ってお目にかけますと申し上げると、姫君はびっくりされて、そのまま奥へ入ってしまいました」

「ふうむ、えらいことをまたいったものだな」

さすがに父はまゆをひそめる。

「実は、それには及びませんとおっしゃってくれるだろうと、こっちは虫のいいことを考えていたのですが、当てが外れました。しようがない、役目が果たせなければどっちみち無事ではすまないんだから、いさぎよく腹を切ってやれと思い、もろ肌ぬぎになって、脇差《わきざし》を抜きました。やれやれ、これでわが一生もおしまいかと、やっぱりあんまりいい気持ちじゃありません。おもむろに腹をなでていると、楓という腰元が入ってきて、とめてくれました」

「陰で見ていたのだな」

「姫君のいいつけだったようです。こっちへお越しくださいと、庭へ出ていくので、あとからついていくと、姫君が一人で四阿《あずまや》にお待ちになっていまして、あんなことぐらいで腹を切るのはうつけ者です、弱虫です。足がしびれればだれでもころぶのはあたりまえではありませんか。そなたは姫に面《つら》あてに死ぬ気だったのですかと、もってのほかの御立腹なのです」

「うむ、うむ、姫君は御聰明《ごそうめい》にわたらせられるからな」

「はあ、手前は絶好の機会だと思い、楓は遠慮して二人きりですから、実は、腹を切らなければならぬ子細はほかにあるのですといって、若殿の使命を打ちあけました」

「うむ、それで姫君はなんとおおせられていたな」

そこまでは話しいいのだが、これからはちょっと具合いが悪い矢太郎だ。

「姫君は、手が痛いといわれるのです」

「手が――?」

「昨日そなたにうたれたところが、まだこんなにはれていると、出しておみせになるのです。見ると、本当に黒く痣《あざ》になって、地ばれがしているんで、手前はびっくりしました」

「いかんな、すぐに医者にお見せしなかったのか」

「まだだとおっしゃるのです。打ち身になるといけませんから、すぐ医者を呼んでくださいと申し上げたんですが、それには及ばぬ、姫はもうかたわですから、万之助さまのおおせにはしたがえません。かたわでは若殿にお気の毒ですとおっしゃるんです」

「なるほど――」

「手前は責任がありますから、もうそれどころではありません。姫君がかたわになられるようでは、手前は切腹しなければならぬと申し上げると、そんな心配はいりません、姫はかたわになったら、そなたのところへ嫁に行くとおっしゃるんです」

「なにっ」

「まったく困りました。父上は、叔母《おば》さまが江戸へ行く前に、なにかお聞きになったことはありませんか。もう十年も前のことなんですが」

「ふうむ。浪江にな」

どうやら思い出したような顔色である。

「姫君は叔母さまに同じようなことをいって、大変しかられたと申していました。その時分から、ちゃんとその気でいたのだとおっしゃるんです」

「お前、無論おいさめ申し上げてきたのだろうな。そんなことは到底思いもよらぬことなのだ」

「はあ、そのことはよく申し上げてまいりました。世間が許しません。名分が立たぬことですと」

「うむ、それでよい。姫君はまだお若いから、夢のようなことを考えておられるのだ」

「そのようです。姫はどこへも嫁には行かぬ。何年も何年も強情を張りとおしたら、そのうちには爺《じい》も折れてくれるだろうと、まったく真剣なんです。手前もつい、来世ということがございますと、口に出てしまってから、しまったと思いました」

「なにっ、お前おいさめしてきたのではないのか」

「申し訳ありません。何度もおいさめはしたのですが、姫君がどうしても手をお放しにならないので、いつの間にか手前も来世を誓うことになってしまいました」

「ふうむ。それで、お前、どうするつもりなのだ」

父はあきれたようにせがれの顔をまじまじと見すえている。

「姫君のためにも、若殿へ申し訳のためにも、今夜これからすぐ無断で出奔《しゅっぽん》するほかはないと覚悟しました。切腹とも思いましたが、それでは角が立ちすぎるようですし、せめて姫君の夢だけは破りたくありません」

「しようのないやつだ」

父は苦い顔になってぽつんといったが、

「やむをえまい。早く支度をするがよい」

と、声音《こわね》に親の慈悲《じひ》をかくしきれない。

「わしは不孝者です。申し訳ありません」

たった一人きりのせがれを失う父の心を思うと、そのせがれに大きな期待をかけていたことをよく知っているだけに、矢太郎はたまらない気持ちにされて、そこへ両手をついていた。

「愚痴をいうな。浪江がな、あの時ひどく心配するので、なあに、まだ年端《としは》も行かぬ姫君のことではないかと、わしはわらってすませていたが、そこまで深い根があったとすれば、これもなにかの宿縁と思うほかはあるまい」

「悲しい宿縁です、姫君のためには」

それだけに、矢太郎は美保姫がいとしい。出奔したと聞いたら、矢太郎の弱虫と、さぞお怒りになることだろう。

「矢太郎、念のために耳に入れておくことがある」

父は急に座りなおした。

「どんなことです、父上」

「まだ極秘になっているのだが、姫君は近く江戸表《おもて》へお移りあそばすかもしれぬ。と申すのは、この度、将軍家から、公子が姫君のもとへ押しつけ養子にまいるやもしれぬのだ。神尾もわしも極力反対しているが、老中からのお指図なのでな、江戸の小十郎どのも、立花も、おうけするほかはなかったらしい」

　これは驚くべき重大問題だ。当将軍家の父たる大御所には一妻二十一妾《しょう》あって、それらに生ませた公子公女が五十人を越えている。これらがみんな年ごろになると、公子は押しつけ養子に、公女は押しつけ嫁に、いずれも老中のお声がかりで、諸大名に分配されるのである。

「すると、万之助君はどうなるのです、父上」

「無論、それが本ぎまりになれば、若殿は廃嫡の上、御隠居ということになるほかあるまい」

「乱暴ですな、それは。当家には正しい嫡子があるのに、たとえ将軍家の公子にもせよ、他家から養子が入って家をつぐ、血統もなにもめちゃくちゃになるではありませんか」

「だから、美保姫さまに白羽の矢が立っているのだ」

「それはだめです、姫君はそんなこと決して承知しません」

　これだけは自信をもって断言できる矢太郎だ。

「しかし、相手が老中ではな、平松五家の力でもどうにもなるまい」

　父頼母の顔に沈痛な色が濃い。平松五家とは、江戸平松小十郎を筆頭に、立花三右衛門《さんえもん》、国元の神尾主膳、村越兵部《むらこしひょうぶ》、相良頼母、この五人で一藩の重要問題は評議の上採決していく例になっているのだが、老中からの圧力では、五家が一つになってかかっても対抗するのは難しい。まして、筆頭の小十郎と立花の江戸組が二人までですでに軟化しているとすれば、国組の神尾、村越、相良がどう反対しても、それは一藩を二つに分けていたずらに争いを起こすだけのことで、結果としては押しつけ養子を拒むことは不可能に終わるのだ。

「父上、素直にいいますが、あまり姫君を窮地《きゅうち》におとすと、自害などという悲劇がおこらないともかぎりません」

矢太郎はそれがいちばん気になる。

「わしもいまそれを考えておる。結局、そうならぬようにお前が常に善処する、それ以外にお前の生き方はないようだな」

父がまたしても意外なことをいい出す。

「と申しますと――？」

「善処の道をわしに聞こうというのか」

「はあ、念のために」

「ばかなことをいいなさい。わしはそんな愚か者にお前を育てたおぼえはないぞ。もっとも、今夜かぎりお前は勘当《かんどう》するから、もう父でもなければ子でもない。そのつもりで、これからは自分のことは自分で始末していくがよい」

父はそういって、旅費として五十両出してくれた。

そして、矢太郎はその夜のうちに、その金と、善処という父のなぞのような言葉をふところにして、津山を出奔してしまったのである。

あらしの前

翌朝——。

美保姫はいつものとおり道場へ出て、朝のけいこをすませ、髪をあげさせて、さわやかな気持ちで居間にくつろいでいた。

なんとなく心たのしいようで、そのくせどこかにため息をつきたいような切なさが胸に甘くうずいている。

——矢太郎はいまごろなにをしているかしら。

急に会いたくてたまらなくなってくるのだ。そして、昨夜のことがはっきりと思い出されてくる。

美保姫は子供の時、矢太郎のところへお嫁に行ってやりますといって浪江にひどくしかられてから、大名の家に生まれた者は家来の家へは嫁に行けないのだとわかって、とても悲しかった。が、それで矢太郎とのことをあきらめたわけではなかった。ただ、そんなことは決して口にしてはいけないのだと、子供心に悟っただけである。

だから、昨夜、長い間夢に見ていたことが本当になって、あのたくましい矢太郎の胸の中へしっかりと抱きしめられた時は、うれしくて、矢太郎はちゃんと姫のだんなさまになってくれたのだから、もう安心だと思った。

それが、今日になってみると、もっと欲が出て、いつでも矢太郎に会っていたい、いっしょに暮らすのでなければ満足できない、そんな気持ちになっている。

が、それは到底かなわぬ望みなのだ。矢太郎は万之助さまの家来で、万之助さまに遠慮しなければならない身分だし、自分もまた叔父《おじ》君や万之助さまには気兼ねをしなければならない身である。そう思えば思うほど、美保姫は矢太郎が恋しくてじっとしてはいられなくなってくるのだ。

――矢太郎にすぐまいるようにと使いを出してみましょうかしら。昨夜、万之助さまに、姫のことをなんと答えたか、それも聞いてみたいし。

そうだ、矢太郎はそのことで若殿にしかられているのではないかしらと、姫君は急にそれが心配になってくる。

折も折、楓が小走りに廊下へきて、

「お姫さま、ただいま神尾主膳さまがお越しあそばしました」

と告げたので、妙にどきりとせずにはいられなかった。

「爺《じい》がまいったのですか」

「はい、いま笹岡さまと御用談のようでございますから、まもなくこちらへおみえになるかと存じます。なんでございますか、矢太郎さまについてのお話のようでございます」

「まあ」

それがあるから楓はいそいで知らせにきたので、昨夜の四阿《あずまや》のことが問題になるとすれば、楓も矢太郎を案内しているのだから、責任はまぬかれない。笹岡には、矢太郎の短気をしかってやります、といって出たのだが、ただしかるだけにしては少し手間がかかりすぎているからである。

「楓、そなたは心配しなくともよいのですよ。美保から爺によく話してあげます」

　昨夜は若殿の話が出ているのだ、爺への言い訳ならいくらも立つと考えて、姫君はすぐに落ち着いてきた。

「いいえ、お姫さま、もしおしかりをうけるようでございましたら、楓を悪者になさいませ」

　楓は楓で、いつでも姫君の身がわりに立つ覚悟をきめているらしい。

　まもなく、主膳が一人で、姫君の居間へ進んできた。もう六十に近い老人だが、竹刀《しない》を取ってはいまだに姫君も一本も打ちこめない矍鑠《かくしゃく》たる主膳である。

「姫君、すっかり春になりましたな」

　座について、にこにことあいさつをするあたり、そうきげんが悪いとも思えない。

「爺、爺は今日、美保をしかりにまいったのではないのですか」

　思ったことはどうもかくしておけない明るい性分《しょうぶん》の美保姫なのである。

「ほう、姫君はなんぞ爺にしかられるようなことをなすったおぼえが身にございますかな」

　これは見事な逆手だった。

「いいえ、別にしかられるおぼえはありませんが、しかられれば矢太郎のことだと思います」

「そう申せば、昨日矢太郎をひどい目におあわせになりましたそうですな」

「あれは、ほんのたわむれだったのですけれど――」

そのたわむれがすぎて、矢太郎が切腹するとまでいい出したのだから、美保姫はちょっと顔が赤くなる。そんなに矢太郎がいじめてみたかったのも、実は自分の矢太郎だという気持ちに甘えていたのだ。

「でも、矢太郎は立派でした」

すぐ本気になって腹まで切ろうとする。正直で生一本だから、矢太郎は好きだと思う。

「後で、四阿で矢太郎をおしかりになったそうでございますな」

主膳はなにげない顔をして、いよいよ急所を突いてきたようだ。油断ができない。

「少ししかってやりました」

「少しでございますかな。だいぶお手間が取れたようだと、いまも笹岡が申していましたが――」

じろりと、なんでも見抜いているような目をする主膳である。楓がはっとしたようにこっちを見ていた。

「あの、しかったのは少しです」

「なるほど――。それから、どんなお話が出ましたのかな」

「爺、みんな話さなくてはいけないのですか」

だれにだって内緒ごとはあると思う。それをみんな話さなくてはいけないという法はないと思う。

「爺はなるべくみんなうかがいたいと思います」

「どうしてです」

「実は、矢太郎の身に一大事が起こっております」

「まあ。では、やっぱり若殿さまが御立腹になったのでございますね」

「姫君、なにかお心あたりがございますかな。矢太郎は昨夜当地を出奔《しゅっぽん》いたし、父頼母は若殿に閉門をおおせつけられた上、矢太郎には若殿から、今朝討っ手が向けられております」

「あっ」

美保姫はあまりのことにさっと顔色が変わり、気が遠くなりそうになる。

江戸の指図《さしず》

「爺《じい》、万之助さまは、なぜ矢太郎に討っ手をかけたのですか」

　矢太郎が昨夜出奔《しゅっぽん》したのは、使者の目的が果たせなかった、正直で一本気だから、若殿に申し訳なくて国元を離れたのだろうとは、美保姫にもすぐ推察がつく。が、若殿がそれを怒って討っ手を向けるなどということは、あまりにもひどい仕打ちだと思う。

「矢太郎は昨日、なにか若殿のおおせをうけて、姫君のもとへ使者に立ったのだそうでございますな」

　神尾主膳は落ち着き払って聞く。

「そうです」

「なんでも、矢太郎はその御返事もせずに、途中から若殿の御乗馬だけ放して帰した。馬というものは、途中で乗り手に別れると、さっさとひとりで馬屋へ帰ってきてしまうものですからな。宵《よい》すぎに御乗馬がひとりでお城へもどってきた。今朝になってそれを若殿に申し上げると、すぐに屋敷を調べてみろということになり、近習《きんじゅう》が問い合わせてみると、相良でも昨夜矢太郎はもどらぬという返事だったそうで、主命をおろそかにするけしからんやつだ、しかも脱藩は重罪である。ただちにつかまえてこいと激怒されましてな、手にあまったら切り捨てろと厳命をうけた武村三之丞、大山波之助の二人が、追っ手をおおせつけられたと申すことです」

「では、矢太郎は昨夜、家へも帰らなかったのですか」

「さようのようでございます」

「まあ、かわいそうに。——さぞおなかがすいていたでしょうに」

姫君は世にも悲しげな顔をする。

「矢太郎はそんなに腹をすかしていたのですかな」

「そうです。おひるも夕飯も食べていないのです」

「ほう、二食もとらずに、夜分まで一体なにをしていたのですな」

主膳はふしぎそうな顔をする。

「爺、矢太郎は、美保が切腹してはいけませんと止めたから、それで出奔したに違いありません」

「なぜまた、矢太郎は切腹などしようとしたのです」

「美保が万之助さまの奥方になるのはいやだと申したからです」

「すると、矢太郎の使者というのは、姫君に万之助さまと縁組みをなさるようにとすすめる役目だったのですな」

「そうです。万之助さまは、ぜひ美保を承知させてこいと、矢太郎にかたく申しつけたそうです」

「ふうむ、それはけしからん話だ」

主膳はちょっとまゆをひそめる。

「ですから、矢太郎にはなにも罪はないのです」

「いや、ないことはございません。矢太郎めは、姫君が御承知なくば切腹しますと申さば、姫君を脅《おど》しつけたも同然、けしからんことです」

「あ、違うのです、爺」

「違う。しからば、矢太郎はなぜ切腹などを持ち出したのですな」

「それは、あのう、――爺、怒りませんね」

さすがに美保姫は念を押さずにはいられない。

「さあ、何を怒るのですな」

「あのう、美保は、矢太郎が好きだと申しました」

思いきっていい切った姫君のほおが、みるみる赤くなる。その色は、そばにひかえている楓にも移って、はっとうつむいてしまった。

「矢太郎が好き――？」

「ええ。美保は矢太郎のもとへ嫁《とつ》ぐと、昨夜約束したのです」

一度赤くなってしまうと、急に強くなる姫君だ。

「これはけしからん」

主膳は啞然《あぜん》と目をみはりながら、

「楓、昨夜四阿《あずまや》のお供はそち一人であったそうだな」

と、たちまちきびしい顔になる。

「はい」

楓はとっさに覚悟したように両手を突いたが、

「爺、楓をしかってはなりません。楓はなにも知らぬことです」

と、姫君は少しも悪びれずに主膳を押さえる。

「では、姫君は矢太郎と二人きりで、さような話をされたのですか」

「そうです。美保は子供の時から矢太郎が好きでしたから、二人きりで話してみたかったのです」

「これはけしからんことを――」

「どうしてです。どうして、美保が矢太郎を好きではいけないのです」

「姫君、矢太郎めは家来でございますぞ。姫君は先君のただひとりのお血筋で、どうしても平松家へお血筋を残さなくてはならない大切なお体です」

「いいえ、平松家の血筋は万之助さまでもおなじことです。美保は家来になってもよいと思います」

「それで、矢太郎めは昨夜、姫君になんといいましたか」

「あのう、矢太郎も美保が好きだと申しました。けれど、家来だからだめだといいますので、美保は爺が許してくれるまで何年でも待つ、ほかへは縁組みはしないと答えました。矢太郎は正直で一本気ですから、万之助さまに申し訳のため切腹するかもしれないと心配でしたので、美保は、切腹してはいやですよと、帰りに念を押しておきました。ですから、矢太郎は切腹のかわりに、昨夜出奔したのかもしれません。美保は悲しいと思います」

美保は正直にいって、悲しげにうなだれる。

「なりませんぞ、姫君」

　主膳は苦りきった顔をして、

「矢太郎めのことは、その場かぎりのことにして、きっぱりと忘れてしまわなければなりません」

　と、たしなめるようにいう。

「なぜです、爺」

「人にはそれぞれ生まれた分というものがあって、好きが好きで通らぬ場合がございます。察するに、矢太郎めも、これは道ならぬことだと気がついたので、昨夜自分から身をひいたのでしょう。それでこそ矢太郎めは男、おそらく、二度と姫君の御前へは出ぬ覚悟に相違ございません」

「いいえ、爺が許すといえば、矢太郎はきっと帰ってくれます」

　親がわりの主膳だから、姫君も遠慮がない。そなたさえ許してくれれば、矢太郎と添えるのですといわぬばかりに、甘えた顔をあげる。

「いや、爺が許しても、世間が許しませぬ。殿も御承知ありますまい。家来一同も反対するでございましょう」

「悲しいことですね」

「悲しくとも、それが人それぞれの持つ世の中への義理というものでございます」

「爺、それでは美保は来世を待ちます。ですから、爺から万之助さまにお願いして、矢太郎の討っ手だけは呼びもどしてください。楓ももうしからないでくださ い」

「来世をな」

主膳はまじまじと美保姫の顔を見つめる。

「矢太郎も来世でよいといっていました。矢太郎はちゃんと義理をわきまえている立派な男です。殺してはなりません」

姫君はそれが下世話にいうのろけだとは気がつかないのだろう、目に一杯涙さえためて、矢太郎をかばおうとするのだ。

「姫君、矢太郎のことは、もう一切口にしてはなりませぬ。そのお約束ができれば、討っ手の儀は、爺から必ず若殿にお取りなしいたしましょう」

「本当ですね、爺」

「武士に二言はございませぬ」

「では、美保も矢太郎のことはもう口にしません」

「きっぱりとお忘れになりますな」

「忘れるのはいや――。ただ口にしないだけです」

美保姫には子供のころから、そういう強情なところがあるのだ。その心の強さが、病弱だった健康をここまで取りもどしてきたのだし、一度いやといい出したら、それを納得させるのは容易でないことを主膳はよく知っている。だから、今のいやはわざと聞かぬふりをして、

「もう一つ、爺が今日ここへあがったのは、大切な御用がございます」

と、改めて切り出した。

「どんな用です」

「姫君には、この度、殿さまのお申しつけにて、近く江戸表《おもて》へお移りあそばすことになりました」

「それは、どういうわけです」

「くわしいことは、いずれ御出府の上、殿さまからお話がございましょうが、この度急に御老中からのお指図にて、将軍家の公子が当家へ養子縁組みなさることに内定いたしたそうでございます。これはお家にとって家名の浮沈にかかわる大事、ようくお覚悟をきめて御出発なさいますよう、お含みおき願います」

あっと美保姫は顔色を変えずにはいられなかった。

「爺、美保がその将軍家の公子と縁組みをするのですか。そのために出府するようにきまったのですか」

「たぶん、そういう運びに相成《あいな》るのではないかと存じます。姫君が縁組みをなさらなければ、平松家の血筋は絶えます」

「では、万之助さまはどうなるのです」

「御隠居のほかはございますまい」

つまり、将軍家から押しつけ養子が天下って、平松家十万石をつぐ美保姫が夫人にならなければ、平松家の血筋は名ばかりになるというのだ。

「それは少し乱暴です。当家に万之助さまというお跡目がなければともかく、ちゃんと万之助さまがおいでになるのですから、――その将軍家の御養子はおことわりできないのですか」

「なにぶん御老中のお指図とありましては、御辞退もなりますまい。無論、江戸の小十郎、立花などが、それぞれ手をつくしておりましょうが、ともかくも姫君に一度御出府願うようにと、小十郎からも申してきております」

江戸からの指図、しかも老中からの声がかりでは、絶対わがままはいえぬ。いやだといえば、平松家十万石に傷がついて、当主たる叔父《おじ》若狭守に迷惑がかかるばかりでなく、家中多くの藩士たちに難儀を見せなければならない。あまりのことに、美保姫はただぼうぜんと息をのむほかはなかった。

魂のぬけがら

「いずれ、御出立はおそらく四、五日のうちかと存じます」

主膳はそういいおいて、まもなく姫屋敷をさがっていった。万之助との縁組みなら、あくまでも強情を張りとおす覚悟だったが、主膳でさえ当惑させられている江戸からの指図《さしず》では、そのわがままはきかぬ。たって矢太郎に操《みさお》を立てようとすれば、自害よりほかにはないのだ。

——会いたい、矢太郎に。

いや、江戸へ着く前に、どうしても一度矢太郎に会わなくてはならない。会ってよく相談した上で矢太郎にもいい知恵がなければ、いっしょに自害するだけのことだ。

「楓、たのみがあります」

しばらく思い沈んでいた美保姫は、しゃっきりと顔をあげた。

「なんでございましょう」

ただならぬ美保姫の顔色に、楓はじいっと目をみはった。

「そなた、これからすぐ屋敷を抜け出して、矢太郎の後を追いかけてください」

「はい」

たぶんそんなことではないかと思っていた楓だ。

「矢太郎は万之助さまから討っ手のかかっていることは知らないでしょう。それを教えてやることと、もう一つは、そなたも聞いていた今日の大事を矢太郎に告げて、江戸へつくまでに、どこかで美保がそっと矢太郎に会えるように取り計ってもらいたいのです」

「はい」

とは答えたが、これは女の身の楓にとって生やさしい役ではない。一人で旅に出るということからして容易でない上に、すでに昨夜立っている矢太郎の足に、これから行って追いつけるだろうか。また、たとえ追いつくには追いついても、きびしい行列の人目をのがれて、うまく姫君に会えるように手びきができるかどうか、無論、これが重役の耳に入れば、軽くて追放、重ければ手討ち、いずれにしても命がけの仕事になるのだ。

「楓、なにを考えているのです。いやなのですか」

「いいえ、姫君さま、楓は身分の低い家柄から十三のおり御奉公にあがって、今年は十九、足かけ七年もの長い間、ひとかたならずお目をかけられました身にあまるしあわせ者、御恩は片時も忘れたことはございません。なんで命を惜《お》しみましょう。ただ、愚鈍《ぐどん》な生まれの楓にとりまして、あまりにも大役すぎまして、果してお申しつけどおりに事が運びますかどうか、もし思うにまかせなかったらどうしようと、そればかりが気がかりでございます」

「大事ありません。やってみて、そなたが思うにまかせなければ、美保の運もそれまでのこと、その時は矢太郎にただ一言、美保は約束を忘れずに一足先へ行って来世を待っていると告げてもらえばいいのです」

「えっ、それでは、姫君さまは、あの、そんなお覚悟まで――」

「美保は矢太郎のほかに、死んでも夫は持たぬ覚悟です」

あっと楓は目をみはってしまった。その決心では、こんどの江戸への旅立ちは、

泊まり泊まりの一日ずつが死出の旅になるかもしれぬ。おいたわしいと、思わず胸を打たれ、

「お姫さま、楓はもうなにも申しません。これからすぐに相良さまの後を追います」

と、きっぱり答えずにはいられなかった。

「まいってくれますか、楓」

「はい、まいります。そのかわり、姫君さま、行列が江戸へ入りますまでに、もしこのお役目が果たせませんでしたら、楓も死出のお供をしたものとおぼしめして、ふつつかな罪をお許しくださいませ」

「ありがとう、楓。美保はそなた一人がたよりです」

つと美保姫が立ってきて、楓の手を握る。

「もったいない、お姫さま」

「美保のわがままを許してください」

「いいえ、お美しいそのお心、神仏もきっとお哀《あわ》れみくださいます」

「楓、この世に神仏がなかったら、あの世で会いましょうね」

おおらかに微笑しながら、姫君の目に大粒の涙があふれてきた。

「は、はい。きっとお供をいたします」

楓はこの姫君のために命を捨てようと、この時はっきり心がきまったのである。

こうして、楓がひそかに姫屋敷をぬけ出し、巡礼姿になって命がけの旅へ出た日、矢太郎は姫路泊まりであった。

翌日は姫路から明石《あかし》へ十里足らずの道中で、別にこれという目的がある旅ではなく、国もとにいられなくなったから江戸へ行く、考えてみるとまったく張りあいのない旅なのだ。

――主君には不忠、親には不孝。

しかも、その原因が、下世話にいえば美しい姫君に首ったけほれられて、二世まで誓った身の果報にあるのだから、いわゆる果報負けがした形で、だれに不平の持っていきようもない。

――まあ、しようがない。おれは魂をお嫁さんにやってきてしまったようなものなんだからな。魂のぬけがらだと思えばいいんだ。

そうあきらめて、魂のぬけがらは、ぽっくりぽっくり明石をさして歩く。それでも時々じいんと津山が恋しくなるのは、美保姫がおいてきた自分の魂をいとしがって抱きしめている時ではないだろうか。

「矢太郎、そなたはなぜ姫をおいて、一人で逃げたのです。男のくせに、ひきょうですよ」

お姫さま女房はおれの魂を愛撫《あいぶ》しながら、嘆き責める。

「そんなわがままをいってはいけません。わしだって、魂のぬけがらになって、一人で江戸へなんか行きたくはないんだが、おそばにいるとあぶないですからな」

「なにがあぶないのです、矢太郎」

「わしは男だから、きっとあなたを食べてしまいたくなるにきまっているんだ」

「美保は矢太郎にならば食べられてもかまいません」

「そうじゃないんだ。無邪気だなあ、あんたは。女というものは、男をだんなさまにすると、赤ん坊を産まなくてはならなくなるんですぞ。知っていますか」

お姫さま女房は赤くなって答えない。

「そうれごらんなさい。お姫さまが黙って家来の子を身ごもったら、それこそ津山中の大騒動ですからな。だから、わしは魂だけをおいて逃げ出してきたんです」

「いいえ、かまいません。矢太郎、美保を抱いてください」

姫君は大胆になって、甘く目をつむりながら、くちびるを求めてみる。この間の四阿《あずまや》での息づまるような抱擁《ほうよう》の感触が、ほおにも腕にもまだありありと残っている矢太郎なのだ。

――いけねえ。おれはやっぱり逃げ出してきてよかったんだ。

矢太郎はため息をついて、ぽっくりぽっくり歩きつづける。

ふしぎなことに、こうして旅へ出てしまうと、若殿のことも、おやじさまのこともあまり考えない。思い出すのは姫君のことだけだ。いや、思い出すのではなく、のべつ幕なしに忘れられないのだ。

――しっかりしろ、矢太郎。いくら魂のぬけがらだって、そうぼんやり歩いていると、いまに川の中へ落ちるぞ。

ごろごろと雷が鳴り出して、急に大粒の雨が降り出してきた。さっきから黒雲がむくむくとわき出して、みるみる空が暗くなっていくのは知っていた。

「とうとう降り出したな。春雷というやつか」

魂のぬけがらは、別に驚きもあわてもせず、目についた寺の山門へゆっくり入っていった。

先客が二人あるようである。一人は女で、一人は男だ。

「矢太郎、雷ですね」

またしても美保姫の甘えた顔が話しかけてくる。

「大丈夫です。春雷ですから落ちやしません」

「でも、落ちると怖い」

「しっかりおへそを押さえておいでなさい」

ばりばりっ、ずしいんと、紫色の目もくらむような火柱が間近くの天と畑をつないだ。

「あれえ」

少し離れたところにいた旅のあねさまかむりの女が、はじかれたように矢太郎の右腕へ飛びついてきて、肩へ顔を伏せながら、

「桑原《くわばら》、桑原、桑原」

と、ふるえながら唱《とな》え出した。

「大丈夫だよ、おへそを押さえていなさい」

矢太郎は苦笑しながらいう。

「大丈夫でしょうか」

女は夢中でしがみつきながら、一度男につかまってしまうと、もうなかなか顔

があげられないようだ。

また一つ――しかし、こんどのは少し遠くへ行ったようである。ざあっと、雨はまだ滝を流すようだ。

「おい、お武家さん――」

左のほうにいた五分月代《さかやき》の三十がらみの、やくざ渡世とも見える男が、ずいとそばへ寄ってきた。ぎらぎらとすごむように目を光らせている。

「なんだ、なにか用か」

「その女を売ってやるから、黙って五両出しなせえ」

「売る――？」

「うむ、買わねえかね」

「これはお前の連れか」

「連れじゃありやせんがね、ずっとおれが、かもにしようと思ってねらってきた女だ。お前さんさえこんな余計なところへ雨宿りをしなけりゃ、その女は今ごろおれの肩へしがみついている。おれは当てが外れちまった。清く手をひいてやるから、黙って五両出しねえ」

途方もないことをいい出す悪党である。

「五両出すと、どうなるんだね」

「知れたことさ。その女を抱いて寝ようと、宿場女郎にたたき売ろうと、おれは文句をいわねえ。渋皮のむけたちょいといい女だぜ。五両じゃ安いもんだ」

「しかし、このひとはお前のものでもなんでもない女なんだろう」

「そうですよ。けど、この蝮《まむし》の清七《せいしち》が一度ねらったからには、もうおれの女もおんなじさ」

「おまえはよっぽど悪党らしいな」

矢太郎はまったくあきれてしまった。

「余計なことはいわなくなっていいんだ。五両出すのがいやなら、黙ってここを出ていってくんな。この女はおれのものにする」

「助けてください、お武家さま」

ぽかんと顔をあげて、この妙な掛け合いを聞いていた女が、おびえたようにまたしてもすがりついてきた。年ごろ二十二、三とも見える、なるほどすごいような色年増《いろどしま》だ。

「おい、五両出すのか、出さねえのか」

蝮の清七はぎろりと目をむいて、乱暴にも、もう長脇差《ながわきざし》の柄《つか》に手をかけている。

「ねえさん、どいてろ」

矢太郎は女を突きのけておいて、

「一文も出さぬ」

と、きっぱり答えた。

「野郎、じゃまだ、出ていけ。四の五のぬかすとたたっ切るぞ」

「そうは問屋がおろさぬ」

「くそっ」

「ばかっ」

清七が長脇差を抜くより、ひらりとそのふところへ躍りこんだ矢太郎のほうが早かった。とっさに利き腕を取るなり、腰車にかけて、どさっと雨の中へたたきつける。

「あっ」

もんどり打って二、三間《げん》投げ飛ばされた清七は、どろだらけになってそれでもくるりと起きあがり、こいつかなわぬと見たのだろう。

「野郎、おぼえてろ」

それが捨てぜりふで、だっと明石のほうへ逃げ出していった。

小扇《こせん》という女

まもなく雨があがって、空に大きなにじがかかった街道を、矢太郎は旅のあだっぽい年増女《としまおんな》と道づれになって、ぽくりぽくりと明石へ向かっていた。目の前に敵のいる間は、義憤《ぎふん》も感じるし、敵愾心《てきがいしん》もわいてくる矢太郎だが、こうして歩いていると、いつの間にか魂のぬけがらになってしまうのだから、我ながらちょいと情けなくなる。

「おかげで、いいところへ兄さんが来あわせてくだすったんで、本当に助かりました」

「そうか」

「あたしは大坂で踊りの師匠をしている中村小扇という女なんですけど、姫路へ半月ばかり出げいこに行っていた帰りなんです。旅なれてはいますし、まさか真昼の表街道へ追いはぎも出ないだろうと、たかをくくって一人で帰ってきたのが悪かったんです。加古川《かこがわ》あたりからあの男につけられて、さあ、つけられたとなると、女なんてまったく意気地がないもんですね。ただ逃げるばかりで、どうすることもできないんです。早く道づれをつくりたいと思っても、相手は男でなければだめだし、それも弱い人じゃなんにもなりません。そうかといって、後で恩にきせられるような人でも困りますしね。そのうちにあの夕立なんです」

「うむ、夕立だったな」

「あの寺の門へいそいで駆けこんだんですが、あいにくあの男と二人っきりで、ほかに雨宿りの者もなく、雷は大きらいだし、どうなることだろうと、生きた空もなかったところへ、兄さんが飛びこんできてくれました。ああ助かった、いい人がきてくだすったと思ったとたん、こんどはあのぴかっ、ごろでしょう、あたし夢中で兄さんにしがみついてしまいました」

「そうだったなあ」

「でも、兄さんは落ち着いていらっしゃいますね。あんな怖い雷の最中に、おへそを押さえていろなんて、平気で冗談が出るんですもの、さすがはお武家さまだと思って、あたし感心してしまいました」

　小扇はいそいそと肩をならべながら、口も足も軽い。

「いや、わしは魂のぬけがらなんだ。だから、雷でも、地震でも、びっくりのしようがないんだね」

「あら、魂をどこへ置いてきたんです」

「どこかへ落としてきたらしいんだ」

「御冗談ばかり――。兄さんはどちらまでの旅でござんす」

「どこでもいいんだが、まあ江戸へ行ってみようと思っている」

「江戸と聞くとなつかしい。あたしは江戸で生まれて江戸で育ち、大坂へ流れてきたのは三年前、二十の時なんです」

「好きな人と駆け落ちをしたのかえ」

「まあ、あんなことを――一度、そんな乙《おつ》なまね、してみとうござんすわ」

「おれもしてみたかった」

矢太郎は我にもなくため息が出る。

「おや、そんないい人があったんでござんすか、兄さんには」

「うむ、あんまりそれがよすぎるんでね、駆け落ちにはちょいと不似合いなんだ」

「上役《うわやく》のお嬢さん――?　ああ、わかった、人の奥さんなんでしょう。そりゃ罪だわ、兄さん」

「まさか、人の女房を寝取るほどあさましくもないが——いや、待てよ。やっぱり、人の女房ということになるかな。そのひとはのっぴきならぬ人に思いこまれて、本当ならそこへ嫁入りするひとだったんだろうからな」

「まあ——。じゃ、いいなずけのあるひとだったんですね」

「そういうことになるな。あいにく、女のほうがなかなかうんといわない。男のいいなずけのほうがじれて、矢太、当人に会ってよく聞いてこい、おれがいやなのか、それともくる気があるのか、なるべくいやとはいわせるな、できればうまくくどいてこいと、わしが使者にたのまれたんだ」

「なんですか、おもしろそうなお話——」

「それが少しおもしろすぎてしまったんだ」

矢太郎の言葉が次第に熱をおびてくる。

「どうおもしろすぎてしまったんです」

「先方へ乗りこんで、これこれだと話しこんでみると、先方はいやだというんだ」

「あたしだっていやですわ、そんな使いを人にたのむ人。自分の恋を人にたのむなんて、男らしくないじゃありませんか」

「なるほど、そういうもんかなあ」

「感心していないで、その先を話してごらんなさいよ」

「その先は、つまり、たのんだ人のほうは好きでもきらいでもないが、矢太郎、そなたのところへならお嫁に行ってあげますとおっしゃるんだ」

「あら、ずいぶん威張っているんだね、その女――」

「うむ、ずいぶん威張っているんだ」

「兄さんはそんな見下したようなことをいわれて、黙っていたんですか」

「黙ってはいなかった。それでは先方に義理が悪かろうといった」

「ああ、そうか。上役のお嬢さんだから、あんたぴしゃりとやれなかったんですね」

「本当はぴしゃりとやったほうがよかったんだが、放しちゃいやだとおっしゃるんだ」

「放しちゃいやって、なにをつかまえていたんです」

「いつの間にか、わしが相手の肩を抱きしめていたんだ」

「まあ、ばかばかしい。怒るわよ、あたし」

「そうか、怒るか。そうだろうな、だれだって怒るだろう。道ならぬ恋だからなあ」

「あんた、そんなにそのお嬢さんにほれちまったの」

「いや、わしよりそのお嬢さんのほうが夢中なんだ。矢太郎、もっと強く抱いてくださいと、目をおつむりになって――」

「もうたくさん。ばかばかしいってありゃしない」

どすんといきなり肩で肩を小突《こづ》いて、ぷっとふくれてしまうところを見ると、小扇という女は、どうやらひどいやきもちやきらしい。

いつか空のにじも消えて、家出第二日目の泊まり、明石の城下が近くなってきた。

色じかけ

その夜の泊まりは明石の城下で、山本屋という上旅籠《じょうはたご》へ着くことになった。無論、小扇という女が、

「あたしの泊まりつけの家で、親切だから、そこにしましょうよ」

と、矢太郎を誘ったのである。

「おれはどこでもかまわぬ」

「矢太さんには上役《うわやく》のお嫁さんていう恋人があるんだから、まさか、あたしなんかをくどきゃあしないわね」

小扇は色っぽい目をからむようにして、そんなあけすけなことをいう。

「うむ、くどかないよ。おれは魂のぬけがらなんだ」

「じゃ、一つ座敷へ泊まっても大丈夫ね」

「いや、別々のほうがいいだろう。おれは寝言をいうかもしれないからな」

「寝言ぐらいがまんするわ。一人で寝ているところへ、さっきのようなずうずうしいやつに押しこまれると、それこそ取りかえしのつかないことになるもの。あたし怖い」

「そうかなあ」

矢太郎は本当にどっちでもいいのだ。美保姫があずけてきた魂をまた愛撫《あいぶ》しはじめたとみえて、矢太郎もまたしきりに姫君が恋しい。目の前のことは上《うわ》の空なのである。

「ねえ、いっしょに泊まったっていいんでしょう」

「うむ」

「うれしいわ。でも、兄妹には見えないだろうし、なまじ他人だといって、変な目で見られるのもいやだから、いっそ宿帳だけは夫婦ってことにしておきましょうね」

「万事まかせるよ」

たそがれどきがいちばんいけない。見知らぬ町筋にちらほらとあかりが入りはじめて、家のかどからあたたかそうな夕餉《ゆうげ》のにおいがただよい、まだ軒端《のきば》で遊びたわむれている子供たちの姿を見ると、おれは旅に出ているんだなあと、一日ごとに遠くなる故郷の空がなつかしく、

「矢太郎、そなたは美保をおいて、どこへ行ってしまうのです」

と、きっとお姫さま女房が悲しげに話しかけてくるのだ。

「わしだって、本当はどこへも行きたくはないんですがねえ」

「でも、そなたは知らない女と歩いているではありませんか。今夜はいっしょに泊まる気なのでしょう」

「それは泊まります。しようがありませんからなあ。もし、これが姫君とだった

ら、わしはどんなにたのしいだろう」

そうだ、もしこれが姫君との旅だったらと考えると、矢太郎は思わずため息が出てしまった。肩をならべているのは、美保姫とは似ても似つかぬ旅の女だからである。

「おや、矢太さん、大きなため息をついたね。そんなにあたしといっしょに泊まるのが御迷惑なんですか」

たちまち小扇が聞きとがめてきた。

「いや、君には関係のないため息なんだ」

「ああ、わかった。あんた、また上役のお嬢さんのこと思い出しているんですね」

「そうでもないんだが」

「うそおっしゃい。男のくせに未練ねえ。あんたは、そのお嬢さんととてもいっしょになれないとあきらめたから、こうして旅に出てきたんでしょ」

「うむ」

「それなら、そんなお嬢さんのことなんか、もうきっぱりと思い切るもんよ。だらしがない人ねえ」

「まったくだなあ」

なんといわれても、矢太郎は逆らわない。あきらめようと、あきらめまいと、そんなことは余計なお節介だからだ。

が、旅籠についいて、ひとふろあびて、お節介な小扇が疲れ休めにと膳に一本つけておいてくれた銚子で、差し向かいになって酌《しゃく》をされた時、

「ふうむ。驚いたなあ」

と、矢太郎ははじめて目をみはった。

「なにを驚いたんです」

「師匠はなかなか美人なんだねえ」

「なんですって――」

「いや、会った時から美人だとは思っていたんだが、こんなにあきれるほど美人だとは思わなかった」

湯上がりで、宿のどてらをゆるく着こなして、くつろぎきっている小扇は、無論、美保姫のような高雅《こうが》端麗《たんれい》な美しさとはまったく違うが、これはこれで肌の白さがほんのりと薄桜色に、みなぎるような年増《としま》盛《ざか》りのなまめかしさをたたえ、粗野《そや》は粗野ながら男をとろかさずにはおかない妖艶《ようえん》な美貌《びぼう》の持ち主である。

「矢太さん、くどかない約束でしたっけね」

それが決してからかっているのではなく、男が本当に見とれているのだとわかると、小扇はわざとたしなめるようにいって、そのくせ、にっと目でわらってみせる。

「くどきゃしないが、昼間の男がわしに五両よこせといった気持ちはわかるような気がするな」

「じゃ、五両やればよかったのに」

「師匠は一人で旅をしちゃいけないね」

「どうして——？」

「男は一つ間違うと、どんな煩悩《ぼんのう》をおこすかわからない。師匠はあんまり美人すぎる」

「おお怖い。じゃ、矢太さんもなにをするかわからないの」

「わからないなあ。おれは、恋などささやいちゃ絶対にいけないひとを、うっかり抱きしめて、気がついてみたらくちびるまで吸っていたんだからな」

「まあ、いやらしい」

小扇の目が急に意地悪くなってにらみつける。

「うむ。あの時おれがもし腹がすいていなかったら、もっといやらしいまねをしてしまったかしれないんだ」

　正直な矢太郎は、慚愧《ざんき》にたえないような顔をする。

「へえ、あんたその時おなかがすいていたの」

　小扇は冷やかし半分になって、からかい出す。自分の器量を無視して、またしても恋人の話を持ち出した矢太郎がばかくさくもあり、しゃくにもさわるらしい。

が、矢太郎は相手の気持ちなど一向おかまいなしだ。

「おれはその時、昼飯も晩飯もくっていなかった」

「くっていたら、どういやらしくなったのさ」

「くちびるを吸っただけじゃすまなかったろうな。美保姫さまも夢うつつのようだったし、今考えると恐ろしい」

「ああ、そのお嬢さん、お美保さんていうの」

「うむ、お美保さんていうんだ」

　そうだ、もしおれがお美保さんと呼んだら、姫君はきっとよろこぶだろうなと、矢太郎は思わずひとりわらいが出る。

「なにさ、薄っ気味が悪い。男のくせに思い出しわらいなんて、みっともないわ。

あんた、そのお美保って娘に、よっぽど夢中なのね」

「いや、おれも夢中だが、お美保さんのほうがおれよりなお夢中なんだ」

「あほらしい。いくつなの、その娘――」

「十八だよ」

「ふうむ、鬼も十八っていいますからね」

「そうなんだ。鬼姫、いや、鬼娘でね、剣術がうまいんだ」

「女の剣術なんて、自慢になりゃしないわ」

「賛成だな。師匠のいうとおりだ。もうお美保さん、剣術は自慢しないだろう。おれが一本、紫色にはれあがるほど、籠手《こて》を打ちこんでおいたんだ」

「怒らなかった、その娘――」

「怒ったとも。矢太郎は大きらいですと、にらみつけるんだ」

「へえ、きらいな男にくちびるをなめさせるなんて、ずいぶん変な娘ねえ」

「変じゃないさ。矢太郎、美保はもうかたわになりましたから、矢太郎のお嫁になってあげますっていうんだ。それがお美保さまの本音なんだ」

「もうたくさんだ。ばかばかしい。あたしも飲むわ。お酌してよ」

小扇はいきなり杯を引ったくって、矢太郎の鼻っ先へ差しだすのである。

「よし、飲め。君はたしかに美人だ。あきれるほど美人だ。といっても、おれは決してくどきはせんから、安心して飲め」

あまり酒量の強いほうでない矢太郎は、そのころからだいぶ酔って、だんだん愉快になってきていた。

「矢太さん、寝ぼけてあの娘と間違えて、あたしのくちびるなんかなめにくると承知しませんからね。気をつけてくださいよ」

小扇もいい顔色になって、やがて食事をしまい、まくらをならべて寝る段になって、自分の床の上へぺたんと座りながら、そんなからむようなことをいって挑戦してきた。

「大丈夫だよ。いくら酔っても、おれは性根《しょうね》は乱さん。お美保に申し訳ないからな」

先に横になった矢太郎は、眠そうな目をしてわらった。

「またお美保かえ。二本棒だなあ、矢太公は」

「うむ、二本棒でも四本棒でも、おれはお美保だ」

「勝手におしよ、人をこんなに酔わしといて。あらあら、からだまでこんなに赤くなっちまった。いやだねえ」

小扇はつと横を向いてわざとえりをはだけ、むっちりと豊かな双の乳房までこぼしながら、紅を刷《は》いたようなわが胸を見てひとりごとをいったが、さすがに矢太郎は返事をしない。おや、見とれてるのかしらと、そっと横目を使ってみると、ぽかんと子供のように少し口をあけて、もうすやすやと安らかな寝息を立てているのだ。

――畜生《ちくしょう》、この肌に迷わないなんて、なんて唐変木《とうへんぼく》な男なんだろう。小扇は妙にがっかりして、思わず、ぷっとふくれずにはいられなかった。

野良犬の目

ふっと小扇が目をさました時には、もう夜が白々と明けはなれていた。

――しまった。

むくりと小扇は音のしないように床の上へ起き直って、隣の寝床へ目をやった。

「なあんだ」

矢太郎は春眠暁《しゅんみんあかつき》をおぼえずといったかっこうで、まだぐっすり眠りこけている。あたりへ耳をすますと、泊まり客はまだ一人も起き出してはいないようだが、台所ではもう朝の支度がはじまっているだろうし、番頭たちは表の戸をあけて掃除にかかっているだろう。

――しようがないなあ、どうしようかしら。

小扇は、夜が明けないうちに矢太郎の胴巻きをぬいて、裏口からそっとぬけ出す腹だったのである。

いつもなら決してこんなに寝すごすようなことはないのだが、引っかかったかもがあんまりたわいなさすぎるので、つい甘く見て、ゆうべ少し酒の量がすぎたのが不覚だったのだ。

いや、それればかりではない。胴巻きの中は、たしかに五十両の上、どこかぼうっとはしているが、世間知らずのようで、男ぶりにも下卑《げび》たところが露《つゆ》ほどもない。五十両もらっていくかわりに、この坊やなら遊んでやってもいいと思ったから、わざとしびれ薬はつかわなかった。

それだのに、この唐変木《とうへんぼく》は、お美保とかいう娘のほかに世の中には女がないように、こっちの肌を見向こうともしないのである。あんまりしゃくにさわるから、ゆうべは眠りこけている男のくちびるへ何度もかみついてやった。

「汚いなあ。なんだって、あたし、あんなまねする気になったんだろう」

いまさらまゆをひそめてみたってはじまらない。結局、酔ったまぎれに、そんないたずらをしてよろこんでいたものだから、つい寝すぎてしまったのだ。

そして、この唐変木はまだ丸太ん棒のように眠りこけている。この分では当分目はさまさないだろう。おまけに、さあお持ちなさいといわぬばかりに、胴巻きの端がまくらもとの布団の下からのぞいているのだ。

と見たとたん、そこは稼業柄《かぎょうがら》、小扇の白い器用な手がその胴巻きの端をつかんで、もうすっとたぐり寄せている。小出しの紙入れのほかに、へびが卵でものんだように二十五両包みが二つ、五十両と踏んだ目に誤りはなかった。

紙入れのほうを調べてみると、ここにも一両なにがしかの金が入っているようだ。

「ふ、ふ、かわいそうだから、これだけは置いてってやろうかな」

五十両の金だけを抜き取って、素早く自分の胴巻きへおさめ、しっかりと内ぶところへくくりつけると、小扇は急に雌《め》ひょうのような闘志が全身にみなぎってきた。いくら唐変木でも、こっちが女道中師《おんなどうちゅうし》とわかれば、顔色をかえて騒ぎ立てるに違いない。この男が目をさまさないうちに、一刻も早くここを脱け出し、一里でも遠く逃げのびなければならないのだ。

　軽くなった男の胴巻きを元の布団の下へもどし、寝息をうかがって立てひざになると、するりと宿の寝巻きをぬぎすてる。半裸になった胸に、緊張しきった双の乳房が白々と朝の光を吸って、我ながら美しい肌である。

「ばかだなあ、この丸太ん棒は。せっかくこんなきれいな肌を、ゆうべは好きにさせてやろうと思ったのに――」

　せせらわらいながら、まくらもとにたたんでおいた衣類、帯をひと抱えにして座敷のすみへ立っていき、手早く身支度をすます。髪のみだれを櫛《くし》でなでつけて、紙入れを帯の間へさしこめば、後はもうなに一つ忘れ物はない身軽な小扇である。

「じゃ、坊や、あたしは一足先に行きますからね。さようなら」

　もう一度寝顔のほうへ振りかえって、せきたてられるように座敷を出る。店へ出てくると、まだ番頭が土間を掃《は》いているところだ。

「番頭さん、あたし御飯前にそこのお宮へ朝まいりをしてきますから、下駄を貸してくださいな」

「お早うございます。おまいりでござんすか」

「ええ、ちょいと願掛けをしていることがあるもんだから」

宿の下駄を借りて、ふらりと表へ出る。もうこっちのものだ。日の出前の春の大気がしっとりと露をふくんでほおにすがすがしい。町筋にはまだ旅人たちの姿も見えぬ。

――ああ、そうだ。町外れで清七が待っているはずだっけ。

小扇はちょっとまゆをひそめる。蝮の清七とは昨日からの付き合いで、こっちを女の一人旅と見て、いいかもにでもする気だったのだろう。なんのかんのと親切ごかしに話しかけてきて離れようとしないから、おじさんはお仲間のようだねえと、こっちから切り出してやった。

そうか、どうも少しおかしいと思ったと、清七もわらい出して、いっしょに歩いているうちに、人のよさそうな矢太郎を見かけたのである。仕事は山分けということにして、一芝居《ひと》うとうじゃないかということになり、折からの春雷を幸い、あの山門であんなきっかけを作ったのだが、実はそんな相棒などいなくても仕事は一人でたくさんなのだ。

――しようがない。十両もくれてやって、あの男とはさようならをしよう。

いやに悪を利かせて、色男ぶっているのが鼻持ちがならないと、小扇はうんざりする気持ちだった。

「おう、小扇、だいぶ遅かったじゃねえか」

そのうんざり男の清七が、城下町を出外れようとする庚申堂《こうしんどう》のかげからのっそり出てきて肩をならべた。

「あら、おじさん、そんなに早くから待ってたんですか」

小扇はその亭主面《づら》へ、わざとおじさん呼ばわりをして、つんと澄ましてやる。

「冗談いっちゃいけねえ。約束は夜明け前だから、もしやしくじったんじゃねえかと、おれはいい心配しちまった」

「そんな約束だったかしら。あたしは気まぐれだもんだから、ゆうべ少し酔っちまって、目がさめたらもう夜が明けていたわ」

「仕事はうまくいったんだろうな」

きらりと清七の目が光る。

「そりゃうまくいったわ」

「よく朝まで野郎のしびれ薬が切れなかったもんだな」

「そんなもの、ゆうべは使いやしません」

「ふうむ」

「仕事は仕事、いろごとはいろごと、ふ、ふ、あの男とてもうぶで、あたしほれちまったなあ」

小扇はとろんとした声になって、思わせぶりなことをいう。

「じゃ、お前、体を張ったのか」

「張ったんじゃないわ。好きになったから遊んできたのよ。おじさん、やける?」

「なにをぬかしゃがる」

むっとしたような清七の顔を横目でにらんで、ざまあ見やがれと小扇は思い、こんな汚らしい男にくらべて、あの男は少しのろまじゃあるが、まるで若さまのように純情で、気品があったと、急に胸がじいんと甘ったるくなってくる。

そのころ、宿屋へ置いてけぼりをくった矢太郎は、早立ちの客がごたごたし出した気配に、ふっと目をさました。

――ここはどこだろう。

ぽかんと見なれぬ天井を見あげながら、ああそうだ、昨夜は小扇という女といっしょにここへ泊まったんだと思い出し、ひょいと隣の寝床のほうへ目をやると、掛け布団がめくれて、女の姿はなく、寝巻きがぬぎすててある。

――はてな、もう起き出して、顔でも洗いに行ったのかな。

むくりと起きあがって、なにげなくまくらの下へ敷いて寝た胴巻きを手にしてみると、いやに軽い。そのはずである。五十両の金が消えていて、残っているのは小出しが入っている紙入れのほうだけだ。

——さあ、わからん。

いや、わからぬことはない。金は女といっしょに消えているのだ。女が金を持っていったに違いない。すると、小扇という女はごまのはえ、道中師ということになる。あの女がなあと、矢太郎はそれがふしぎなのである。

しかも、小扇は昨日助けてやった女なのだ。こっちがいい気になって姫君のことをのろけちらすと、本気になってやきもちをやいていた。矢太郎の常識では、どう考えても人をだますようなそんなすごい女には思えない。

とにかく、起きて身支度をして、女中を呼ぶと、こっちがまだなにもいわないうちに、

「お連れさんはまだお帰りになりませんか。さっき、朝まいりに行ってくる、すぐ帰るからと、番頭に申してお出かけになったそうですけれど」

と、妙な顔をする。もしやと、もう頭へぴんときているのだろう。

「いや、いいんだ。あれは気の強い女でね、さっきちょいと痴話《ちわ》げんかをやった

もんだから、意地になって先へ出かけてしまったんだ。途中で待っている気だろう」

いまさら五十両持っていかれたというのも、いかにも二本棒のようで男の恥だから、いいかげんなことをいって朝飯をすまし、早々に勘定をしてもらって宿を立った。

大坂の蔵屋敷へ寄れば、江戸までの路銀《ろぎん》はなんとかなるし、江戸へ着きさえすれば叔母《おば》がいる。取られた金にあまり未練はないし、別にこっちに色気があったわけではないのだから、だまされたことにもそうは腹は立たない。

「ばかな目にあったもんだ」

どうせ魂のぬけがらなんだからと、矢太郎はあきらめて、今日もぽっくりぽっくりと歩く。

「矢太郎、しっかりしなくてはいけません」

姫君が耳もとでたしなめる。

「わしはしっかりしているつもりなんですがねえ」

「そなたはゆうべ酔って、姫のことをお美保と呼びましたね」

「ああ、そうだ。やっぱり美保さまと呼ばなくてはいけませんか」

「いいえ、お美保でもかまいません、姫はもうそなたのお嫁なのですから」

矢太郎は美保姫と話していさえすればたのしい。

明石から舞子《まいこ》ガ浜《はま》へ一里あまり、日はだんだん高くなって、この辺は薄がすみの向こうに淡路島をのぞみながら、海はあかるく、白砂青松という景勝地だが、魂のぬけがらだから、矢太郎は景色などどっちでもいい。昨夜少し酒がすぎたせいか、春の日にぽかぽかと照らされて歩くと体がだるくて、妙に眠気を催《もよお》してきた。左手にきれいな松山が見えて、いかにも柔らかそうな若草がもえている。別に急ぐ旅ではないから、草をまくらにひと休みというのも悪くはなかろうと思い、ふらふらとその松山へ入っていった。一丘越えるとくぼ地になって、そこなら街道から見られる心配はない。どこかへころがってやろうと丘の小道をおりはじめると、その林のかげから、

「なにをするんだ、ばか」

いきなり甲高《かんだか》い女の声が耳につき、

「うぬっ、やりやがったな」

と、男の声がそれにからみ、どたばたという足音といっしょに、女が派手なすそを乱しながら走り出てきた。

「逃げるか、あま」

男が追いすがって、女の帯に手をかける。

「畜生《ちくしょう》」

振り切ろうとして女が男を突き飛ばす。帯がくるくると解けて、女が二つ三つこまのように回った。

なおも追いすがった男が、もう悪鬼の形相《ぎょうそう》で女のえり首をつかむ。くるりと振りかえった女の手に銀の平打ちのかんざしらしいものが光って、

「ばかっ」

と、男の目をねらう。男はあやうくその手をつかみ止めて、

「あぶねえ、おとなしくしねえか」

と、左手が女の胸倉《むなぐら》を取った。

「放せっ、畜生」

女はばたばたと身もがきしたが、こうなってはもう男の力にはかなわない。

「やあ、やってるな。君たち仲間げんかかね」

つかつかとそばへよって、矢太郎はわらいながら聞いた。女は小扇で、男は清七だったのである。

「なにを──」

清七はぎょっとしたようにこっちをにらんだが、

「あっ、矢太さん、助けてえ」

小扇は急に目を輝かしながら、悲鳴をあげた。

「やい、さんぴん、じゃまをすると、今日は承知しねえぞ」

清七はまだ小扇を押さえつけたまま、目と口でくってかかる。

「いや、今日は君たちの芝居には乗りたくないな」

「違うんだってば、矢太さん。助けて、この野郎はあたしをここで手ごめにするっていうんです。いやだ、あたしは」

「黙らねえか、あま。なにをしようとおれの勝手だ」

「おい、その女は君のおかみさんかね」

矢太郎がのんきなことを聞く。

「違うんだよう。矢太さん。こんな野良犬みたいなやつ、あたしは昨日会ったばかりじゃないか」

小扇の顔に、ありったけの憎悪《ぞうお》の色がうかんでいる。

「そうか、こいつは野良犬か。あは、は、さかりのついた野良犬だな」

「くそっ」

さすがに清七は小扇を突き飛ばして、悪党にも自尊心はあるのだろう、さっと長脇差《ながわきざし》を引き抜き、

「やいっ、てめえこそ、ゆうべはこの女になめられやがって、胴巻きを抜かれた二本棒じゃねえか。それでもまだこの女のしりを追いまわす気か」

とやりかえしてくる。

「お前とは違うから、おれは滅多な女になめさせもしないし、しりも追わないさ。お前、自分の顔を鏡で見てみろ。まるでさかりのついた野良犬の目そっくりだぞ」

「うぬっ」

かっとなった清七は、地をけるようにして、だっと体ごとすさまじいもろ手突《てづ》きを入れてきた。

ひらりと左へかわした矢太郎は、

「えいっ」

空を切って思わず前のめりになる清七の背へ、さっと抜き打ちをかける。

「わっ」

清七はもろくも前へ突んのめっていって、泳ぐようにぶっ倒れる。

「おい、今のは峰打ちだ。起きてこい。こんどは生き胴を試してやる」

「なにをっ」

それでも清七はがばとはねおきたが、矢太郎がすっと一刀を大上段に振りかぶってみせると、その堂々たる気魄《きはく》に色を失って、脱兎《だっと》のごとく街道のほうへ逃げ出す。

が、気配で追ってこないとわかったのだろう、丘の途中でくるりとこっちを向いて立ち止まり、

「やい、さんぴん、晦日《みそか》に月の出る里も、やみがあるからおぼえていろ」

どこでおぼえてきたのか、悔しまぎれにそんなせりふめいた悪態《あくたい》をついて、こんどはわざとゆっくり丘をのぼっていく。

「あは、は、野良犬の遠ぼえか」

矢太郎はわらい出さずにはいられない。

「矢太さん、あんたって人、剣術だけはすごいのねえ」

小扇は心から感心したように、ぽかんと突っ立って、そんな失礼なことをいうのだ。

恋討っ手

そのおなじ朝、十里離れた姫路の城下を早立ちにして、若殿万之助から矢太郎の討っ手を命じられた大山波之助と武村三之丞の二人が、深編み笠で面をかくし、明石をさして道をいそいでいた。まだ朝もやが流れている日の出前である。

「三之丞、おれはわかったような気がする」

どっちかといえば明るい性分《しょうぶん》の波之助が、大きなあくびを一つしてからぽつりといい出した。

「なにがわかったんだね」

口数のすくない三之丞が静かに聞く。

「今朝は早立ちにしようといったのは、貴公だ」

「うむ」

「我々はなるべく矢太さんにおいつきたくない旅だ。早立ちの必要はない」

「しかし、ここはまだ津山に近いからな」

「だれが見ているかもしれない、というのが貴公の説だ。もっともな説ではあるが、少し水くさい」

「なぜだね」

「早立ちの目的はほかにある」

「ほかに——？」

「かくすな、武さん。あれだろう」

波之助が指さす小半町ほど前を、女巡礼が一人、これも笠で顔をかくすようにして、青竹をつえに道をいそいでいる。

「なんだ、気がついていたのか」

「ゆうべちらっと見かけた時からはてなと思っていた。しかし、はっきり顔を見たわけじゃないから黙っていたが、あれは楓さんだな」

「うむ、わしもそう見た」

「それで、武さん、貴公、楓さんに好意を持っているようだな。好意とは恋のことだ。違うかね」

武村三之丞は答えない。日ごろ温厚の君子だから、深編み笠の中で顔を赤くしているのかもしれない。

「娘の一人旅、間違いのないようにと思うのは人情だ。しかも、楓さんのあの様子は、なにか姫君のお言葉を持って矢太さんを追っている。そうだとすれば今朝は早立ちだろうと、これは常識でもわかる。武さんがただの人情で早立ちにするのなら、その子細を親友たる拙者《せっしゃ》に、ゆうべのうちに話している。あえて津山が近いからなどと、苦しい口実を設ける必要はない。その苦しい口実を設けたところに、恋のなぞがあるとおれは読んだ。失礼にあたるかね」

「いや、正直にいうと、恋というほどではないが、楓という娘はなんとなく好きだ」

「よろしい。で、先方はどうなんだね」

「そんなことはまだわからん。まさか、恋文をつけたわけじゃないからね」

「手ぬるいな。じゃさっそく書けよ。おれがとどけてやる」

「冗談いってはいかん。先方は姫君の使者、こっちは若殿の討っ手、目下のところは敵味方ということになるんだ」

「やれやれ――」

まったくそのとおりだと波之助は思う。

それにしても、妙なことになったものだ。親友相良矢太郎が突然家出をする。若殿が激怒されて、すぐに連れもどせ、もどらぬと申したら手討ちにしろという直々《じきじき》の仰《おお》せつけなのだ。おそるおそる子細をうかがってみると、前日姫屋敷へ内密の使者につかわしたのに、その返事もせずに家出をした。主《あるじ》をないがしろにするけしからんやつだといわれる。その使者のおもむきは内密なのだから聞くわけにはいかないが、日ごろいちばん信頼している矢太郎を手討ちにしてこいというのだから、よほど大切な使者であり、ぜひ返事が聞きたい用をいいつけられたのだろう。

矢太郎は、なぜ若殿の信頼を裏切って、突然家出をしたのか。これは当人に会って聞いてみなくてはわからない。が、およその見当はつく。

いずれにしても、この討っ手は二人ともはなはだ当惑する。なるべくなら親友を討ちたくない。出会いさえしなければ討たずにすむのだ。できるだけ追いつかないことにしようと約束してきた。

すると、昨夜になって、姫路で宿につく時、巡礼に姿を変えた楓がすたすたと宿の前を通りすぎていくのを見かけた。無論、これは姫君の密使で、やはり矢太郎を追っていくに違いない。一体、どんなことをいいつけられてきたのか、娘の一人旅、たいへんだなあと思っていると、三之丞が明日は早立ちにしようという。ははあと、波之助はすぐ三之丞の心中がぴんと頭へきた。

器量は十人並みで、うっかりしていたとはいえ、この間二人とも試合に負けているくらいだから、腕前もさることながら、女にしては大柄のほうで体つきもがっしりとたくましい。つまり、あまり女らしくないほうだ。まあ、取りえは色が白いというところぐらいだろう、と波之助には見えるのだが、親友三之丞はその楓が好きだという。好きだから、こうして胸をわくわくさせながら、追いかけずにはいられないのだろう。

それはそれでまたなかなかほほえましい心がけだ。親友としてよろこんで協力を誓ってやりたいのだが、あいにく目下は敵同士の間柄ときている。いや、下手をするとあるいは永久に敵同士になるかもしれない運命にさえあるのだ。楓はぜひ矢太郎に会わなくてはならないのだろうし、こっちは矢太郎に会えば主命で討ち取らなくてはならないからだ。

「因果だなあ、武さん」

波之助が親友のために思わずため息をついてやった時、

「あっ、こりゃいかん」

と、三之丞が息づまるような声を出した。

「なるほど――」

見ると、どこかの小さな宿場へかかろうとして、前へ行く楓が三人ばかりの雲助に道を立ちふさがれたのである。

三之丞は物をもいわず、急にぐんぐん足を早め出した。いかにも心配でたまらないという様子である。

――なあるほど、こりゃ相当熱が高い。

波之助はひそかに感心しながら歩調をあわせていく。

道連れ無用

「巡礼のねえさん、お早うござんす」

道中の荒くれ雲助が三人、道を通せんぼするように、楓の前へ立ちふさがった。

まだ日の出前の早朝のことだから、この松並木にはまったく人通りがない。

「なにか御用ですか」

さすがに楓はぎくりとして、じりじりと後じさりをした。

「なにか用ですかって、見たとおりおれたちは駕籠《かご》かきでさ。今日のふたあけに、ひとっ丁場乗ってやっておくんなさい。お安くしておきやす」

「いいえ、わたくしは願がけのことがあって、諸国を巡礼して歩く者、駕籠なのに乗っては信心になりません。どうぞ通してくださいまし」

「それがそうはいかねえんでさ。こっちものその信心てやつでね、ゆうべのおれの夢まくらに、日ごろ信心する観音さまがお立ちになって、今朝巡礼の娘が一人ここを通る、まことに感心な巡礼だから、次の丁場までただで駕籠にのせてやれ、わが言葉にそむく時は、お前をめくらにしてやるぞ、夢々疑うべからず、善哉《ぜんざい》善哉ってのたまってお消えになった。なあ、みんな、見ていたろう、おれの夢を」

「うむ、見ていたとも。たしかにそうのたまっていたようだ」

「そうれね。うそじゃねえでしょう。だから、もしここでねえさんを駕籠にのせねえと、おれはめくらにされちまうんだ。かわいそうだと思って、ぜひひとっ丁場だけかつがせておくんなさい」

雲助どもはからかい半分に勝手なことをいいながら、すきがあったら手取りにしようとねらっている濁った目つきだ。

「そんな無理なことをいうものではありません」

相手の欲望はもう見えすいている。こっちを女一人と侮《あなど》って、手取り足取り林の奥へでもかつぎこみ、体をなぶりものにしたあげく、路銀《ろぎん》を強奪しようというのだろう。はじめから無理な女の一人旅、こんなこともあろうかと覚悟はしてきたが、楓は恐ろしくて、ぞっと背筋へ悪寒《おかん》が走る。

が、姫君の使者を果たすまでは、鬼になってもここで負けてはならないのだ。つえと見せて青竹の中へ仕込んできた一刀をたよりに、死ぬまで戦う決心をきめ、思わず竹の柄《つか》を握りしめる。

「おや、この女、あれに刀を仕込んでいるようだぞ」

「なるほど、変なかっこうをしやがったな。ねえさん、つまらねえまねをすると、自分でけがをするようなもんだぜ」

「かまわねえ、人でもくると面倒だ。早いところたたき伏せて、林へ引っかつげ」

気の早い一人が、いきなり乱暴にも横合いから息づえを横なぎにもろ足を払いにきた。

「あっ」

必死に飛びさがった楓は、女ながらも毎日竹刀《しない》を取って修業をつんでいるから、さすがに身が軽い。

「無礼をすると許しません」

今はこれまで、さっと仕込みづえを抜いて、寄らば切ろうと中断に身がまえる。

「やあ、抜いた抜いた」

「油断するな」

「生意気な女郎だ。たたき伏せろ」

雲助どもは三方に散って、息づえを取ってひしめき立つ。命知らずの荒くれどもだから、三方から同時にかかられては、女のやせ腕で果たして防ぎきれるかどうか、楓の顔色が真っ青になった時、

「こらあ、しれ者、なにをするかあ」

「待てえ」

突然、朝もやを突いて、風のようにはせつけてくる二人の武士がある。

「あっ、いけねえ、さんぴんだ」

「惜《お》しいところだが、二人じゃかなわねえ。逃げろ」

形勢不利と見ると、そこはみえも外聞もないうじ虫どもだから、三人いっしょにばたばたっと松林の中へ逃げこんでいく。

「うぬっ、ふらちなやつ」

「武さん、追うな。雲助を相手にしたってしようがない」

追おうとする深編み笠の連れを一人が止めて、

「楓さん、けがはなかったかね」

前へ立って笠をぬいだのは、意外にも大山波之助である。

「まあ、大山さま――」

楓はぽっとしながらも、ぼうぜんと目をみはる。

その間に、武村三之丞はそこに落ちている仕込みづえの鞘《さや》のほうを拾ってきて、黙って楓に手わたす。

「あなたは武村さま――」

「あぶなかったなあ、楓さん」

三之丞は深編み笠のままでしみじみとした声音《こわね》だ。

「ありがとうございます」

楓はまだ肩で息を切りながら、あやういところへ二人まで、しかも知らぬ他国でなつかしい同藩の人たちに助けられたのだから、思わず涙が出るほどうれしかった。

「さあ、大山、出かけよう」

三之丞が思いきったようにうながす。

「出かけようって、武さん、このまま楓さんを一人で置いていく気か」

「いや、我々が道づれになっては、楓さんが迷惑する。楓さんはぜひ矢太さんに会わなくてはならない用があるんだろうし、我々はできるだけ矢太さんに会わないほうがいい旅なんだからな」

楓ははっと気がついて、

「では、では、やっぱり、お二人さまは相良さまの討っ手をおおせつけられているのでございますね」

と、悲しい顔をせずにはいられない。

「そのとおりです。私情においては忍びないが、出会えばどうしてもそういうことになりそうです」

律儀な三之丞は、深編み笠の中でそっとため息をつく。

「楓さんは相良にどんな用があるんです」

気軽な波之助はぶしつけに聞いてみた。

「よしたまえ、大山。その質問は、楓さんが迷惑するだろう」

「しかしなあ、武さん、我々はおたがいに同藩の者たちで、お家のためということをまじめに考えている人間なんだ。同時に、おたがいの幸不幸に無関心ではいられない仲間同士なんだ。一体、どうすれば一藩が無事におさまり、どうすればおたがいに無事に使命が果たせるか、胸を割って話しあってみるのも、決してむだじゃないと思う、どうだろう」

波之助が真顔になって提案する。

「なるほど、それは良識だな。おたがいに真相を知らずして敵味方になるのは愚だ。真相がはっきりすれば、おのずとまたおたがいの道がひらけるかもしれぬ。楓さんはどう思います」

「あたくしも身にあまる大役で、果たして無事につとまるかどうか、今のような目にあってみますとなおさらのこと心配でございます。お力になっていただければ、こんな心丈夫なことはございません」

「よし、それで話がきまった。では、こんなところにいつまで立っていてもしようがないから、歩きながら相談することにしよう」

「よかろう」

男たちは楓を中にして、並んで歩き出した。ようやく太陽がのぼって、さわやかな朝の光が街道に、森に、山に、明るく輝き出す。

「ところで、我々二人は若殿から、相良矢太郎を呼びもどしてこい、たってもどらぬというようなら討ち取れという厳命をうけて、相良を追っているんだが、相良はどうしてそんなお怒りにふれたか、なぜ黙って国元を出奔《しゅっぽん》したのか、いや、相良がこの間姫屋敷へ使者に立った用件というのはなにか、もし知っているなら、楓さん、まずそれから話してみてくれぬか」

波之助がさっそく切り出す。

「若君の御用は、姫君になぜ御縁組みを承知せぬのかというお問いあわせのようでございました」

楓の声は小さい。

「なるほど――で、姫君の御返事はどうだったんです」

「それが、あの、妙なことになりまして――」

「妙なこととは――?」

「四阿《あずまや》で、お二人きりのお話でございましたので、あたくしは後で姫君のお口からうかがったのですが、美保姫さまはお小さい時から、矢太郎さまがお好きだったのでそうでございます」

「ふうむ」

波之助と三之丞は、びっくりしたような声を出す。

「翌日、御城代さまがおみえになりまして、なぜお二人を二人きりにしたかとあたくしをおしかりになりますと、姫君は楓をしかってはいけませんとおおせられ、美保は矢太郎のほかへはどこへも嫁入りしませんとはっきりおっしゃって、あたくし、お立派だと涙が出そうになりました」

楓は心から感激しているようである。

「驚いたなあ。なるほど、それじゃ矢太さんも若殿の御前へはちょっと出にくい、返事のしようがないからなあ」

「しかし、矢太さんのほうはどうなんだろう、美保姫さまに対して」

三之丞がそんな血のめぐりの悪いことをいう。

「あの、別れ際に、姫君は相良さまに、矢太郎、切腹してはいやです、とおっしゃっていました」

「そうか、それで矢太さんは出奔と腹をきめたんだな。それで、御城代の意見はどうだったんだろう」

「御城代さまは、矢太郎さまのことはきっと忘れるようにと苦いお顔でございましたが、姫君はこの世でだめなら来世を待ちますと、それは矢太郎さまともお約束があるらしく、堅いお覚悟でした。ところが、姫君のお身には、もっと悲しい大事が迫っていたのでございます」

「悲しい大事――?」

「はい。こんどお家へは、御老中さまのお指図《さしず》で、将軍家から公子が御養子にお入りなさいますそうで、そうなりますと、どうしても姫君がその方と縁組みをあそばさなければ、大切なお血筋が絶える、そのために美保姫さまは近く江戸へお移りあそばすことにほとんど内定しているのだそうでございます」

「冗談じゃない。すると、万之助君はどうなるんだ」

「御隠居を願うほかはないだろうと、御城代さまはおっしゃっていました」

「それはいかん。わしは絶対に反対だ。姫君が家来の家へ嫁にさがる例はないことじゃないから、次第によってはかまわんと思うが、こっちに正統な若殿があるのに、たとえ将軍家といえども押しつけ養子はけしからん。わしは反対だ」

　三之丞が急に力み出す。

「それにつきまして、姫君さまは江戸へ入る前に、ぜひ一度矢太郎さまにお目にかかりたい、きっとお連れするようにと申しつけられまして、あたくしは相良さまを追っているのでございます。もしお駕籠が江戸へ着くまでに矢太郎さまをおつれできぬ時は、姫君は御自害とお覚悟のようでございます」

「そりゃ大変だ。だんだん話がこんがらかってくるじゃないか。えらいことになってきたぞ」

さすがに気軽で明快な大山波之助も、いささか面くらった形で、まゆをひそめざるをえない。そして、武村三之丞はむっつりと考えこんでしまったようだ。

舞子ガ浜

舞子の松山では、問題の相良矢太郎がのんき千万にも木かげに日をよけて、ゆうゆうと昼寝の夢をむさぼっていた。

そのまくらもとに小扇が横座りになって、半分はあきれながら、時々矢太郎の寝顔をのぞきこんでいる。

　矢太郎はもともと昼寝が目的でこの松山へ入ってきて、偶然野良犬に手ごめにされようとしていた小扇を助ける羽目になったのだから、野良犬を追っ払ってしまえば昼寝をするのが当然だが、小扇はその矢太郎から、別に昼寝の番をしてくれとたのまれたわけではなかった。いや、むしろ、

「あねご、おれはここでちょいとうさぎの昼寝としゃれこむから、きみは遠慮なくかめになってくれていいよ」

　と、体《てい》よくあっさりと振られたのだ。

「本当、矢太さん」

　小扇は現にこの男の胴巻きの中から五十両という大金を抜いて逃げ出してきたばかりだ。まさか、いくらこの男がぼうっとしていても、それを気づかずにいるはずはないと思うのに、矢太郎はけろりとして、金のことには一言もふれようとしない。思わず、

「あんた、本当に、あたしがこのままかめさんをきめこんでもいいの」

　と、念を押さずにはいられなかった。

「ああ、いいとも。ああ、こんどは野良犬につかまらないように、精々走りたま

え」

　矢太郎はわらいながら、もうごろりと草の上へ寝ころんでしまう。

「ふうんだ、大きなお世話だわ。あんたこそ薄ぼんやりしていて、わにに赤裸にされないように気をつけたほうがいいわ」

　つい突っかかってみたくなる小扇だ。

「ありがとう。きれいな空だなあ」

　矢太郎は上の空で、うっとりと春の青い空を見上げている。本当に眠そうな眼だ。

　――この男、負け惜《お》しみじゃないかしら。

　小扇にはどうしても矢太郎の気持ちがわからない。

「あんた。あたしがいなくなったら、まさかここで首をくろうって気じゃないでしょうね」

「大丈夫だよ、そんなみっともないまねをすると、お美保が泣くからな」

　にっと空へわらいかける。そのお美保って女の顔でも思い出したのだろうか、邪気というものがひとつもないまったく子供っぽい顔だ。

「二本棒だなあ。またお美保のことを思い出しているんだね」

「思い出すもんか。忘れたことがないだけだ」

「憎らしい」

小扇は本気になって、目の前にある男のたくましい肩のあたりをつねりあげる。

「痛いっ。やきもちをやくなよ、あねご」

「だれがやきもちなんかやくもんか、かめの子はね、矢太さん、一度食いつくと雷が鳴るまで放さないんだから、よくおぼえときなさい」

「ああ、そうか。怖いなあ。ごろごろごろ」

なんてとぼけた男なんだろう。軽く目をつむりながら、そんないやがらせをいう。

「だめだめ、そんなことで放れるもんか」

「ごろごろごろごろ」

「眠いんなら、矢太さん、あたしのひざまくら貸してあげようか」

「いらないよ、ごろごろごろ」

「ふうんだ、ゆうべあたしに散々くちびるをなめられたの、知らないんだね」

「きたないなあ、ごろごろごろ」

その口雷がはなはだたよりなくなってきたと思う間に、軽いいびきをかき出したのである。

――おかしな男。

好かれていないのは昨夜からちゃんとわかっているのに、小扇はどうしてもこの男のそばが立ちきれないのである。

小扇あねごともあろう一本立ちの道中師《どうちゅうし》が、好かれてもいないこんなとぼけた二本棒の昼寝の番をしてやるなんて、あんまりばかばかしすぎるじゃないか、しっかりおしよと、我とわが胸へいって聞かせながら、いつの間にか、でれっとその寝顔に見とれて、

「ふん、また口をなめてやろうかしら」

と、思わずあたりを見まわしながら、小娘のように胸がときめいてくるのだから世話はない。

が、それさえ今日はせっかくくちびるのそばまでくちびるをよせていきながら、はっと思い止まったのだ。男が目をさまして、本当に怒り出したら、もう取りつく島がないと怖くなったからだ。

ということは、まだ、なんとかこの男のきげんを取って、そのうちには、そっちからもほれてもらいたいという、悲しい希望を捨てかねるからだった。

んだわ。

——男でも女でも、振られれば振られるほど夢中になるっていうけど、本当なんだわ。

小扇はなんともふしぎな気持ちである。少し口をあけて、ぐっすり眠りこけているこの男が、見れば見るほど、身ぶるいが出るほど好きでたまらなくなってくるのだ。

——この人、口ではあんないやがらせをいっていても、あたしを道中師と知っていて、そばでこんなに眠りこけるなんて、本当はあたしが好きなのかもしれないな。

ふっと、そんな欲目さえ出てくる。本当にきらいな女なら、そばでこんなに安心して眠れるはずはない。いつ、あたしが刺し殺す気になるかもしれないじゃないか。

——そうだ、あんたがあたしをどうしてもきらうんなら、あたしはあんたを殺して、あたしも死んでやるからいい。

小扇はかっと体中の血がたぎってきて、身もだえしながら、思わず矢太郎の胸へ突っ伏していった。矢太郎はびくっとして目をさます。

「なんだ、あねごか。ああ、驚いた。どうしたんだね」

「どうもしやしないわ、あたし、あんたを殺してやりたくなっただけよ」

小扇は両手で男の胸を押さえつけ、気ちがいじみた目をぎらぎらさせて、じいっと顔をのぞきこんでくる。

「冗談いうなよ。死ぬと歩けなくなるからな」

「歩かなくたっていいじゃありませんか」

「寝ていちゃ江戸へいけないぜ」

「江戸へなんか行くことないじゃありませんか」

「なるほど、そういえば、無理に江戸へ行かなくちゃならんという用があるわけじゃないんだが」

むくりと起きあがって、矢太郎はあたりを見まわす。

「ああ、ここはまだ松山か。あねごはどこへも行かなかったのかね」

「どこへも行かないから、ここにいるんでしょ。なに寝ぼけてんのさ」

「なるほど、そういうことになるな」

「矢太さん、あたしはあんたがおおかみに食われないように、今まで昼寝の番をしていてあげたんですよ、礼ぐらいいったっていいじゃありませんか」

「そうか、それはどうもありがとう」

正直に頭をさげて、

「どれ、そろそろ出かけるとするか」

と、のっそり立ち上がる。

「あらあら、草だらけ」

小扇は男の肩中についた枯れ草をうしろへまわってわざとじゃけんに払い落としてやりながら、

「矢太さん、あんた本当は文《もん》なしなんでしょ」

と、それとなく自分の痛いところへふれてみる。

「いや、金はあるよ」

「たった一両ばかし、なによ。あたしはこう見えてもお金持ちなんだから、江戸までいっしょに行って道中賄《まかな》ってあげるわ」

「しかし、あねごの家は大坂なんだろう」

「家なんかどこだってかまやしません。あたしはあんたの行くところへ、どこへだって行きますからね」

「冗談いうなよ」

「冗談じゃないわ。本気よ、これでも」

「ははあ。やっぱり、雷がならんうちはだめかな」

「いいから、さっさと歩きなさいよ」

小扇はもう死んでも放れない気で、矢太郎のたもとをつかみ、さっさと街道のほうへ歩き出した。

もう取られる金も持っていないのだから、矢太郎は別に気にもならない。いっしょにくるなといえば、余計意地になる女だ。ほっておけば、いつか自分から気が変わっていくだろうという腹だ。

街道へ出て少し行くと、有名な舞子ガ浜になる。春の行楽の時期だから、浜には遊山《ゆさん》の人がかなり出て、おもいおもいに弁当をひらいているようだ。

「少し腹がすいたなあ、あねごさん」

「そうかえ。あそこに茶店があるから、あたしたちも一本つけさせましょうか」

「いや、酒はもうたくさんだ。ゆうべ少しのみすぎたんで、むかむかする」

「なによ、男のくせに。二日酔いは、迎え酒をやればさっぱりするものよ」

「そうかなあ。あんまり気がすすまんな」

「弱音なんか吐きっこなし。しっかりなさいよ」

いきなりどすんと肩をぶつけてくる。

水ぎわだったあだっぽい女が、平気で若い侍といちゃついて歩くのだから、人目につかずにはいない。それがまた、男というものに初めてほれた小扇には、うれしくてたまらないのだ。人がみんなうらやましがっているように見えるのである。

――ふん、この人は、そこいらにころがっているさんぴんとは気品が違うんだもの。

いい気になって、前から通りかかる三人づれの若侍の顔をながめたとたん、

「こらっ、貴様――」

と、そのうちのいちばん大きい剣術自慢とも見える俎面《まないたづら》のやつが、一喝《いっかつ》して前へ立ちはだかった。目がいくぶんすわっているところを見ると、三人ともだいぶ酒がまわっているらしい。

「ああ、びっくりした。ずいぶんお立派なお声ですこと」

男を男くさくも思っていない小扇は、つい冷やかし半分になる。

「なにっ、こやつ――」

「あねご、さがっておれ」

ほっておいてはあぶないと見たから、矢太郎は小扇を押しのけて、一足前へ出た。

「おのおのがた、失礼があったらお見のがし願いたい」

「なにっ、見のがせ？　――ふらちなやつだ」

なにが気にさわったか、組面の男ははじめから山犬のように目を怒らせてほえ立てるのである。

恋めくら

「とにかく、お気にさわったら、平《ひら》にお許しねがいたい」

別にこっちはなにをしたというおぼえもないのだが、相手は酔っているので、矢太郎はあやまってしまうにかぎると思った。

「いや、許すことは相《あい》ならん。けしからんやつらだ」

組面《まないたづら》の男は、居丈高《いたけだか》になってわめき立てる。

「困りましたなあ」

矢太郎は苦笑しながら、連れの二人のほうへ救いを求めるように視線を送った。

組面は一人で勝手に怒っているのだから、なんとかなだめてやってくれという意味だったのである。

が、その連れの二人まで、いかにもこっちがなにかけしからんことでもしたように、じろじろとにらみかえしてくる。

「困りましたなあ」

矢太郎は当惑せざるをえない。

「なにっ、困る。困るとはなんだ、ふらちなやつだ」

「一体、拙者《せっしゃ》がどうふらちなんです」

「なんだ、貴様は自分のふらちがわからんのか」

「はあ」

「こいつ、あきれたやつだなあ」

「どうあきれたんです」

「空っとぼけるな。ここは天下の街道だぞ」

「それは知っています。前に見えるのは舞子ガ浜ですな」

「黙れっ。その天下の往来を、武士たる者が若い女とでれついて歩く、恥を知らんのか、貴様は」

ああ、そうかと、矢太郎が気がついたとたん、

「なあんだ、この人やきもち焼いてるんだわ」

と、小扇がいかにもけいべつしたようにいった。

取りまいていた野次馬が、にやにやわらい出す。

「黙れっ、女。やきもちとはなんだ」

「ちょいとうかがいますがね、天下の往来を男と女がでれついて歩いてはいけないってお触れがいつ出たんです」

「なにっ」

「あんたは立派なお侍さんなんでしょ、そんなけちな人のお節介をやいて、ふらちだの、けしからんだのと怒って歩くより、ここは景色のいいところなんだから、広い海でもながめて歩いたほうがよっぽど気が晴れますよ」

　人見知りをしない小扇が、ぽんぽんと歯切れよくやってのける。うまいことをいうなあと、矢太郎は感心した。

「うぬっ、武士に対して悪口雑言《あっこうぞうごん》、許さん。これへ出ろ」

「出ればどうするんです」

「たたっ切ってやる」

「おお怖い。たたっ切られると、この人とでれついて歩けなくなるから、お断りいたします」

さすがに小扇は矢太郎の背中にかくれて前へ出ようとはしない。

「ならん、前へ出なければ、その男もろともたたっ切るぞ」

「まあお待ちなさい」

もろともにたたっ切られてはたまらないから、矢太郎は手をあげて制した。

「貴様はどいてろ」

俎面は血相をかえて、刀の柄《つか》に手をかけている。

「いや、たかが婦女子の申したこと、いまこの女には拙者からよく申し聞かせて、必ずあやまらせます」

「ならん、ならん、だいいち、貴様からして気にいらんのだ」

「困りましたなあ。どうも貴公は少しお節介上戸《じょうご》のようだ。海は広いんですからなあ」

矢太郎もつい口に出てしまったのだ。

「よし、もう許さん。刀を抜け」

「およしなさい。酒をのんでけんかをするなんてつまらん。後で後悔しますぞ」

「つべこべいうな」

敵は殺気立って、ぐいと一足踏み出してくる。抜き打ちをかけようというのだ。こうなっては、とても無事におさまりそうもない。

「お待ちなさい」

矢太郎は抜き打ちをかけられないようにじりじりと後へさがる。

「逃げる気か、こいつ」

「降りかかる火の粉《こ》は払わなければならんたとえ。しようがない、相手になってやるから、名を名乗れ。拙者は作州《さくしゆう》津山の浪人相良矢太郎だ」

「生意気なことをいうな。おれは明石藩磯野一角《いつかく》、――行くぞ」

一角は酒に常軌を逸しているから、だっと抜き打ちに切りこんできた。

「危ないっ」

矢太郎は素早く小扇を突きのけておいて、ひらりと飛びさがる。

「うぬっ」

空を切ってかっとなった一角は、無法なけんかを吹っかけるだけあって、相当の腕前だ。すかさず二の太刀を振りかぶって、強引に切りこんでくるのを、

「危ないっ」

またしてもひらりと飛びのいて空を切らせ、敵が前のめりになる肩先へ、

「えいっ」

矢太郎が飛燕《ひえん》の抜き打ちをかけた。切っては面倒だから、無論、峰打ちだ。

「わあっ」

したたか肩先を打ちこまれた一角は、思わず悲鳴をあげて、そのまま前へつんのめっていく。

「やった」

「おのれ」

連れの二人が狼狽《ろうばい》して抜刀《ばっとう》した時は、矢太郎がもう疾風のように前へ飛びこんできて、

「えいっ、——とうっ」

一人を右へ払い、返す刀で左をないで、

「ううっ」

二人がたわいもなく左右へしりもちをついている間に、

「あねご、逃げるんだ」

矢太郎はあっけに取られている小扇に声をかけておいて、どんどんと兵庫のほ

うへ駆け出していった。

それはあっという間の、まったくてんぐのような早業《はやわざ》で、それまでが相手にあやまるばかりではなはだたよりなく見えていただけに、野次馬はびっくりしながらわっとはやし立てている。

さすがに小扇は女の足だから、たちまち後になって、臆面《おくめん》もなく名を呼びながら追いかけてくる。

「矢太さあん、――矢太さあん」

小扇にはもう五十両やってあるんだし、別に道づれになってやろうと約束しているわけでもない。今のけんかだって、あんな女といっしょに歩いているから、変なやきもちを焼かれてしまったのだ。いっそこのまま置いてけぼりを食わしてしまおうかと、矢太郎はよっぽど考えたが、

「矢太さあん、――矢太さあん」

小扇はどこまでも夢中になって追いかけてくるのだ。もう舞子ガ浜をかなり離れて、事情を知らない旅の者は、あんなに女が呼んでいるのにどうしたんだろうなと、変な顔をして見ている。なかには、なにか女の物でも盗んで逃げたんじゃないかと、そんな顔をして立ち止まって見ている物好きさえある。

――どろぼうと間違えられてもつまらん話だ。

矢太郎はあきらめて立ち止まることにした。

見ると、小扇はすそもあらわに、気ちがいのようになって追っている。

――なあるほど、これじゃこっちがどろぼうと間違えられてもしようがない。

矢太郎は思わず苦笑してしまった。

「なにが、なにがおかしいんですよう」

やっと追いついてきた小扇は、はあはあ息をはずませながら、いきなり腕へしがみついてきた。

「おいおい、みっともない、よせよ。おれがどろぼうと間違えられるじゃないか」

「あんたは、あんたはあたしを捨てていっちまう気だったんでしょ」

「まあいいから、こっちへこい」

往来の真ん中で痴話《ちわ》げんかをやってるみたいで、矢太郎はなんとも人目が照れくさい。体で小扇を押すようにして、ともかく浜辺の木かげへ逃げてきた。

「悔しい、あたし。あんたが、あんたがそんなに薄情な男だと思わなかった」

「冗談いうなよ。おれたちはまだただの道連れのはずだぜ。薄情だの、悔しいだのって仲じゃあるまい」

「だから、あんたはあたしを捨てて逃げる気だったのね。あたしはいやだ。死んだって放すもんか。そんなにあたしが迷惑なら、殺してもらうわ。さあ、お殺しなさいってば」

まったく正気のさたではない。しっかりと右腕を胸へ抱えこんで、ぐいぐい体を押しつけてくる。

「まあ、一休みしよう。おれは根《こん》が疲れた」

さんざん俎面にかみつかれて、真剣勝負の後がまたこれだから、矢太郎もやりきれない。かまわず砂の上へどっかりとあぐらをかいて、思わずため息が出てしまった。

「あんたが逃げるから悪いんじゃありませんか。ごらんなさいよ、このあたしの動悸《どうき》」

小扇はいい気なもので、横座りになった体をぐったりと矢太郎のひざへ投げかけて、つかんでいる手を胸乳《むなぢ》の下へ押しつける。

「よしてくれ、あねご。そんなことをすると、思い出していかん」

「なにを思い出すのさ」

「お美保のやつ、いつもそうやって、もっとぎゅっと抱いてくれなくちゃいやだといって、承知しなかったんだ」

矢太郎はいやがらせの舌刀《ぜっとう》を用いたつもりだったが、効果は逆だった。

「お美保のことなんか思い出しちゃいやだったら。抱いて、あたしも抱いて、矢太さん」

小扇はおかまいなしに、力いっぱい首っ玉へしがみついてくる。雷のならないかぎり、まったく手のほどこしようがないようである。

江戸の使者

「あねご、待て」

矢太郎《やたろう》はきっと聞き耳を立てて、小扇《こせん》の体を押しやった。あわただしいひづめの音が、垂水《たるみ》の宿のほうから走ってくるのだ。

「どうしたの、矢太さん」

「さっきのやつが馬で追いかけてきたのかもしれぬ。一騎や二騎ではない」

とは口実で、さっきのやつらなら反対のほうからくるはずだが、矢太郎は小扇の痴態《ちたい》をもてあまして、いかにも大事そうにつかつかと街道へ出てきた。

騎馬はたしかに二騎で、砂煙をあげながら一散に近づき、たちまち矢太郎の立っている前を通りすぎる。

「おおっ」

なにげなく馬上を見あげていた矢太郎が、思わず声をあげた。前を走っていった陣笠《じんがさ》の男はつい顔を見損なったが、後ろの白はち巻きをした男は、去年勤番で江戸へ主君の参覲《さんきん》の供をしていった中村銀次郎という近習《きんじゅう》である。

「あっ」

中村もたしかにこっちの顔を見たらしく、おおいと前の騎馬に声をかけ、二十間《けん》ばかり先でやっと馬をとめ、二言三言話しあったと見る間に、前の馬はそのまま先をいそぎ、銀次郎はくるりと馬首をかえして、こっちへもどってきた。

「やあ、銀次郎、どうしたんだ」

「矢太さん、貴公こそ、妙なところで出会ったな。どこへ行くんだ」

「わしは、まことは余儀なく浪人してね」

「なにっ、浪人した――？」

馬上の中村は目を丸くする。

「貴公は、なにか国元へ使者か」

「うむ、一大事が起こったんだ」

「一大事――？」

こんどは矢太郎がぎくりとする番だ。

「おい、例の老中からの押しつけ養子の件じゃないのかね」

「知っているのか、矢太さん」

「うむ、ちらっと耳にしている」

「よし、ここじゃ話もできん、馬をおりよう」

中村はひらりと馬からおりて、手早く手綱《たづな》を道端の立ち木に結ぶ。

そばに小扇があっけに取られて突っ立っているのだ。つきまとわれては面倒だし、こんな女には聞かせられぬ話でもある。

「あねご、しばらく往来を見張っていてくれ」

「引きうけたわ、矢太さん」

なんと思ったか、小扇は目を輝かしてうなずく。ほれた男の役に立つ、それがうれしかったのかもしれぬ。

　矢太郎は中村と連れ立って、なるべく浜辺に近いところまで行って、砂の上へ足を投げ出した。

「矢太さん、先をいそぐから、わしのほうから手っ取り早く話すことにする」

「うむ、そうしてくれ」

「江戸家老平松小十郎どのは、老中松平周防守《すおうのかみ》さまと姻戚《いんせき》の関係がある。話はどっちから出たか知らんが、こんど将軍家の公子斉邦《なりくに》さまを当家の養子にお迎えして、国元の美保《みほ》姫さまとめあわせるようにという内意が天下《あまくだ》ったんだ。無論、江戸の立花どのも村越《むらこし》どのも反対だし、国元の神尾、貴公のおやじどのも反対だと聞いている。五家のうち四家まで反対では、無理にもと小十郎どのも押し切りかねていたようだが、斉邦さまの御生母は周防守さまの令妹という特殊の事情もあって、こんど急に御台《みだい》さまを動かし、縁組みとは別に、御台さまが美保姫さまの武芸を聞かれて、ぜひ見たいから早々出府させるようにという内命が下ったのだ。これは殿にもことわりきれない。即刻姫君を出立させるようにという君命を持って、我々両人、早馬を飛ばしている途中なんだ」

「いま先へ行ったのは、江戸詰めの者のようだったな」

「立花のせがれ、十三郎だ」

「小十郎の息がかかっていそうだな」

「まずな——」

　銀次郎は苦笑いをもらしながら、

「そこで、矢太さん、貴公はなんでまた主家を浪人したんだ。まさか、冗談じゃなかろうな」

と、急に真顔になる。

「うむ、冗談じゃない。おれはおやじに勘当《かんどう》されてしまったんだ」

「理由は――」

「それはちょいといいにくい」

「あの女のためにか――？」

銀次郎はちらっと街道のほうを目でさす。

「違う違う。あれはただの道づれだ」

「矢太さん、おれは先をいそいでいるんだぜ。早くはっきりいってくれよ」

銀次郎はじりじりしてきたようだ。無理もない。

「困ったなあ」

「はっきりしたまえ。矢太さんらしくないぞ」

「よし、どうせわかることだ、白状しよう。わしは、この間、若殿の名代で美保姫さまに会いに行った。用件は、どうして万之助《まんのすけ》さまとの御縁組みを御承知なさらぬのか、ぜひおうけなさいますようにという恋の使者だ。美保姫さまの御返事は、矢太郎のところへなら行く、ほかのところへはどこへも行きませぬといわれるのだ」

「なんだって――？」

「この世でお嫁になれぬなら、来世まで待ちます。それでもそなたは美保がいやですかとおっしゃるので、わしも正直に大好きですと答えてしまった。いくらなんでも、まさかそんな返事は若殿のところへ持って帰れぬ。事情まことにやむをえず、その夜のうちにわしは無断で国元を出奔《しゅっぽん》してきたんだ」

「本当か、矢太さん」

　銀次郎はあっけに取られている。

「うそで浪人なんかするはずはないじゃないか。しかし、ことわっておくがな、銀次郎、お美保さまは、たとえ公子であろうと、上さまお声がかりであろうと、ほかのところへは絶対に嫁に行かんぜ。無理におすすめすれば、きっと自害する。

これははっきり断言しておくから、よくよく考慮のうえ善処してくれ」

「驚いたなあ。おれに善処しろといわれても、どうにもならん話だ」

「それなら、手をつかねて、お美保さまの自害するのを見物していろよ」

「ひとごとのようにいうぜ。姫君が自害をしたら、貴公はどうするんだ。やっぱり手をつかねて見物組か」

冷やかすように逆襲してくる。大事な使者に選ばれるくらいだから、頭の働きはすみにおけない銀次郎だ。

「冗談いっちゃいかん。冥土《めいど》は暗いからな、お姫さま一人じゃ歩けない。三途《さんず》の川はおれが手を取ってわたるさ」

「矢太さん、わしは先をいそぐんだ。これだけははっきりことわっておくぜ。美保姫さまはどうしても公子を婿《むこ》に迎えなければならなくなるだろう。そういう策謀が江戸では刻々にすすめられているのだ。それを打ちこわして、万之助君の御家督を確立し、美保姫さまを自害からお救いするには、一体どうすればいいのか、よくよく考慮して善処しなければならんのは、我々より貴公のほうなんだ。浪人してぶらぶらこんなところをうろついている場合じゃあるまい。それとも、冥土のお供のほうがおれは好きだというんなら、手をつかねて姫君の自害を見物していたまえ。じゃ、これでわしは失礼する」

一気にのべ立てた銀次郎は、つと立ち上がって、はかまについた砂を払い、さっさと街道のほうへ出ていく。まもなく、かつかつと走り去る馬蹄《ばてい》のひびきが、舞子《まいこ》ガ浜《はま》のほうへ消えていった。

——見事に一本逆胴を取りやがった。

矢太郎はまだ浜辺に両足を投げ出したまま、ぽかんと青い海をながめている。

「矢太郎、美保はどうすればよいのです」

美保姫の白い顔が、そよ風にのって、そっとほおをよせてくる。

「困りましたなあ。お美保さまは三途の川はおいやですか」

「いいえ、矢太郎といっしょなら、どこへでも——」

おっとりと夢のように甘い姫君の顔だ。

——いかん、冥土行きはまだ早い。

矢太郎ははっと我にかえる。

「そんなことのないように、お前が常に善処することだ」

国を立つ時、父もそういっていた。どう善処すればいいのですと聞いたら、善処の道を人に聞く愚かに育てたおぼえはないと、しかられてしまった。

そうか、常に善処せよの常には、常に姫君のそばを離れず、事にあたって道を誤らすなということではないだろうか。

早晩、姫君は国元を立って江戸へ向かう、陰供《かげとも》をせよといっていたのだ。御台さまが美保姫の武芸を見たいなどというのは、無論、敵の口実だ。敵とは、老中松平周防守と、江戸家老筆頭の平松小十郎、姫君を江戸へ呼び寄せておいて、御台さまお声がかりで、いやおうなしに公子斉邦さまを押しつけ養子にする腹だろう。

美保姫は先代の血筋だけに、当主若狭守《わかさのかみ》も万之助君の家督をあくまで主張しかねる弱みがある。そこが敵のつけ目だ。

いちばんいいのは、美保姫が万之助君との縁組みを納得して、早くいっしょになってしまえばそれまでの話なのだが、それは今のところ絶対に不可能だ。

――いっそ、おれがお美保さまをつれて駆け落ちしてしまったらどうなんだろう。

家来が大名の娘と駆け落ちをやるなんてことは前代未聞の話だが、それだけに、そこにうまい口実さえあれば、押しつけ養子はふせげるかもしれぬ。そして、押しつけ養子がふせげれば、万之助君の家督は自然に確立するわけだ。

――いずれにしても、一度姫君に会う必要があるな。

そうだ、ともかくも明石《あかし》で美保姫の行列を待つことにしようと、矢太郎の腹はやっときまった。

「矢太さん、いつまで海をながめているつもりなのさ」

小扇がうしろから、ひざでどすんと背中を小突《こづ》いてきた。相変わらず行儀の悪い女である。

「あねご、わしは江戸へ行くのはやめたよ」

「へえ、それでどこへ行くんです」

「明石の城下へ引きかえすんだ。せっかく道連れになったが、ここでさよならをしよう」

「いいえ、よろしいんですの。あたしも明石でゆっくり雷の鳴るのを待つことにするわ」

「あねご、はっきりことわっておくがねえ、おれはお美保と駆け落ちをすることにきめたんだから、おれにほれたってむだだぜ」

「いいえ、よろしいんですの。お美保が勝つか、あたしが勝つか、あたしは立派に鞘当《さやあ》てをしてみせるわ。死んだって、あんたをそんな小娘なんかにわたしてたまるもんか」

それが本気なのだから、矢太郎もまったくうんざりさせられてしまう。

待ち伏せ

矢太郎がその日、明石へ引きかえして、朝顔御門口から城下町へ入ったのはもう夕方で、姫君の行列はいずれ本陣を宿泊所とするに違いない。こっちははじめからそこへ泊まっていたほうがなにかの便宜がつきやすいと考え、東本町から西本町へかかってきた。

「あんた、ゆうべの宿へ泊まるつもり」

小扇は今朝、朝まいりに行くといって、そこの下駄を借りて飛び出したきり帰らなかったのだから、さすがにおなじ宿ではちょっと具合いが悪い。

「うむ、なじみのある宿のほうが気やすいからな」

矢太郎は意地が悪い。

「ああ、わかった。あんた、さっき馬できたお友達に、おれはあそこに泊まっているからって、お美保にことづけをたのんだんですね」

小扇はなんでも話をそっちへ持っていきたがる。

「察しがいいなあ、あねごは」

いいかげんにあしらいながら歩いていると、前からいそぎ足に通りかかった巡礼娘が、はっとしたように前へ立って、

「あっ、相良《さがら》さま、矢太郎さま」

と、かぶっていた笠を取る。

「やあ、楓《かえで》さんじゃないか。どうしたんだ、その姿は」

矢太郎は思わず目をみはる。

「よいところでお目にかかりました。おなつかしゅうございます」

この人に会うためにこんな姿になって苦労してきたのだから、楓はほっとして、涙が出そうにさえなる。

「あたくし、あたくし姫君さまの――」

「待て、楓さん」

そばに小扇が聞いている、うかつに姫君の話はできない。

「あねご、わしは後からすぐ行く。一足先へ行って、本陣へ部屋を取っておいてくれぬか」

「知らない。あんたはうまいことばかしいって――、だまされるもんですか」

小扇は目を引きつらせて小意地の悪い顔をしながら、

「ほ、ほ、失礼いたしました。あなたはお美保さまでございますね」

と、楓のほうを向く。

「あねご、違う違う」

「あんたは黙ってらっしゃいってば。――うけたまわりますれば、あなたはこの人の上役《うわやく》のお嬢さまだとかで、なんですか大層この人をごひいきにして下さいましたそうでございますが、そのためにこの人はこうして浪人して、妙な縁から今ではあたしと二世を交わす仲に――」

「冗談いうなよ、あねご。とんだ人違いだ。楓さんが当惑しているじゃないか」

矢太郎はあきれかえって、そろそろ人立ちがしてきそうなので、

「楓さん、とにかくこっちへおいで」

と、楓をさそって横町へ歩き出す。

楓はただ赤くなって肩を並べながら、どうしていいかわからない風だ。

小扇はまだ疑いが晴れぬらしく、油断なくすぐ後ろから聞き耳を立ててついてくる。

「楓さんは、お美保さまのお使いか」

「はい」

「今日途中で中村銀次郎に会わなかったかね」

「お目にかかりました。それで、相良さまは今夜はたぶん兵庫あたりだろうとわかりましたので――ああ、相良さまは討っ手に追われております」

「討っ手――？」

「武村三之丞《さんのじょう》さまと、大山波之助《なみのすけ》さまでございます」

「ふうむ」

そういえば、さっき楓のうしろから十間《けん》ばかり離れて、深編み笠の二人づれが歩いていたようだ。

「そうか、万之助さまの討っ手だね」

「はい、お二人とも相良さまにお目にかかりたくないと申しまして、あたくしの後から歩いておいでになりました」

その気持ちは矢太郎にもよくわかる。

「みんなに迷惑をかけるなあ」

「相良さま、お美保さまはこの度、急に江戸表《おもて》へ――」

「銀次郎に聞いた。いや、国を立つ時、その話はすでに耳に入っていたが、――それで？」

「あの、江戸へお着きになる前に、ぜひ相良さまにお目にかかりたい、きっと途中であたくしにおつれするようにと――」

「そうか。実は、わしもそのつもりで、今日は途中からこうして明石へ引きかえしてきたんだが――」

「お美保さま、もし江戸へ入る前にお目にかかれなければ御自害あそばすと申されまして、あたくしあまりの大役で、身も細る思いでございます」

「相《あい》すまん」

「いいえ、あたくしの苦労を申し上げるのではございません。お美保さまのお胸の中を思いますと、どんなにかおつらかろうと、それればかり案じられます」

楓の声が涙にしめる。

あてどなく歩いてきた道は、寂しい寺町にかかって、やがて海に近いのだろう、風に潮のにおいがある。あたりはすでにたそがれかけて、行く手の東の空に十三日ほどの月が、ようやく光を増そうとしていた。

「でも、お美保さま、お立派でございました。神尾さまの前で、ほかへは行きませぬと、はっきりおおせられまして」

「待て、楓さん」

矢太郎は急に立ち止まった。そこの寺の土塀《どべい》の角から、ぞろぞろと七、八人の若侍があらわれて、道をふさいだからである。

「あっ、矢太さん、昼間のやつらよ」

うしろから歩いていた小扇が金切《かなき》り声《ごえ》をあげる。

しまったと、矢太郎は思った。舞子でけんかをしたやつが明石藩の者だということを忘れていたわけではないが、広い城下町のことだから、まさかこんなに造作もなく見つかろうとは考えていなかった。

敵はどこでこっちを見つけたのか、こんどは加勢までついてきている。

――おれはこんなところで死んじゃいられない体なんだがなあ。

矢太郎はどうにも気が重い。

友情

「相良矢太郎、舞子の仕返しをする。支度をしろ」

明石藩の磯野一角《いっかく》は、敵愾心《てきがいしん》に燃えながら、行く手に立ちふさがった。もう酒はすっかりさめているようである。左右に昼間の二人が、これも峰打ちをくわされているから、いっしょにかかる気だろう、たすきはち巻きで柄《つか》に手をかけ、うしろには新手が三人、肩ひじを張っている。総勢、敵は六人だ。

「どうしてもやるのかね」

矢太郎はため息をついた。自分一人ならこんなばか者を相手にけんかなどせず、さっさと逃げてしまうのだが、女づれではそれもできない。

「文句をいわずに刀を抜け」

「貴公たちは明石藩の藩士だといったな」

「それがどうした」

「明石藩では、仕返しはおおぜいで待ち伏せするというのが士風なのかね」

「なにっ」

「まるでごろつきのけんかみたいな武士道なんだな。こんな士風も珍しい」

　この皮肉は、相手も侍だから、たしかにぐっと胸にこたえたようだ。

「一同、ここは拙者《せっしゃ》にまかせて、貴公たちは見物していてくれ。明石藩では一人におおぜいでかかったといわれては、わが藩の面目《めんもく》が立たん。まずわしが一騎討ちをやる」

　磯野が味方を振りかえって断然いい出す。

「よし、やれ。後は我々が引きうけるから、たたっ切ってしまえ」

　五人は口々にいいながら、後ろへさがった。

「おい、これなら文句はあるまい、支度をしろ」

　改めて磯野が挑戦してくる。

「楓さん、あねご、一足先へ町へ帰っていてくれ。あんたがたには関係のない男同士のけんかなんだ。巻きぞえを食う必要はない」

　矢太郎は手早くたすきをかけながら女たちにいう。

「そうはいきません。あたしは残りますよ。けんかのおこりはあたしなんですからね」

小扇は死なばもろともという気なのだろう。

「相良さま、あたくしは検分させていただきます。万一の場合は、国元へお形身を持って帰らなければ、あのお方さまに申しつけられました役目がすみませぬ」

楓がはっきりといい切る。

これはもっともな話だ。

「そうか。じゃ、あんたがたの心にまかせるが、今も聞くとおり、これは武士同士の一騎討ちなんだから、必ず手出しはことわる。いいね」

「はい。相良さま、あのお方さまのことをお忘れなく、存分にあそばしませ」

必死の思いを目にこめて、姫君のためにぜひ勝ってくださいと楓はいいたいのだろう。

「うむ、わかっている」

そうだ、こんなところで死んじゃいられないと、矢太郎は決意を新たにして、くるりと磯野のほうを向いた。

「相手になろう」

「行くぞ」

同時にさっと抜きあわせて、相青眼になる。

あたりはいつかすっかり暮れてきたが、空に月があかるかった。

やったというように、一瞬敵も味方も見ている者はしいんと鳴りをしずめて、息をのんだようである。

一騎討ちを買って出た磯野には、昼間は酔っていたから思わぬ不覚を取ったが、しらふなら負けるもんかという自負があるのだろう、闘志をみなぎらせて、ぐいと詰めよってくる。なるほど、それだけの腕前はありそうだ。

こんどは矢太郎も油断はできない。

が、ここはなんといっても敵のおひざもとなのだ。ここで相手を切ると、いやでもおおぜいに取りかこまれ、乱戦となって、ついに切り死にしなければならなくなる。できればこんどもなるべく峰打ちぐらいで止めておきたいと矢太郎は思う。

そんなことが頭にうかぶだけ、矢太郎のほうには余裕があり、いくぶん腕が上ということにもなる。

「おうっ」

はたして、磯野のほうはなんとなく矢太郎の剣に圧迫される感があるのだろう、それを振り切るように空声をかけながら、がむしゃらにぐいと一歩踏み出してきた。

矢太郎はすっと一足さがっておいて、相手の引く息に乗じ、

「えいっ」

ぐいと一歩押しかえす。

悔しいが、磯野は一足さがるほかはない。

無理に踏みとまれば、こっちの引く息に乗じて烈火《れっか》の切りこみをかけられる、それがはっきりとわかるほど、矢太郎の剣にはしぶとい気魄《きはく》がみなぎっているのだ。

――くそっ。

そののしかかってくるような矢太郎の底力に、粗野《そや》な磯野は肉を切らせてという血気に駆られてきたのだろう。

「えいっ」

だっと地をけりながら、上段から無謀な切りこみをかけてきた。

「おうっ」

同時にこっちからも踏みこむように引っ払って、さっと飛びのきながら敵の

籠手《こて》を引き切りにすればたしかに後の先が取れるのだが、切りたくないから矢太郎は引っ払っただけで、さっと飛びのく。

「うぬっ、――とうっ」

磯野は強引に、すかさず二の太刀を振りかぶって切りこむ。

もう一度引っ払って、こんどは前へ飛びぬける。

「おうっ」

くるりと立ち直った磯野は、髻《もとどり》が切れて乱髪になりながら、死に物狂いの上段の切りこみを、三度息もつがせず火の出るようにかけてきた。磯野としては、こんどこそ死命を制したという信念と必殺を期した急襲のつもりだったろう。が、矢太郎はその度に逆襲をひかえての余裕しゃくしゃくたる応戦だったのだから、敵のいささか焦《あせ》り気味の三度目の太刀は、剣をあわせずひらりとかわして、あざやかに前へ飛びぬける。

空を切った磯野は、力あまって足もとがもつれ、どっと味方のほうへつんのめっていった。

今まで勇ましく見えた磯野のほうが、あらしのような息を吐いて、急に起きあがれず、元の位置へ立った矢太郎は、自然体に立って、冷静に磯野の起きあがるのを待っている。

あっと目をみはったのは敵側の五人で、あまりにも段違いの勝負に気をのまれたか、だれもとっさには刀を抜こうとする者もない。

と見た矢太郎は、五人のほうへ一礼して、

「楓さん、行こう」

さっさと町のほうへ歩き出した。逃げるのではない、一騎討ちに勝ったから引きあげるのだ。と同時に、機を見るに敏《びん》な矢太郎は、うまく敵の気合いを外したのだ。

「あっ、逃げる」

「逃がすな、追え追えっ」

はたして、敵が口々に叫び出したのは、もう十二、三間《げん》も歩いてからのことで、

——矢太郎は、くるなら来い、こんどこそ切るほかはないと覚悟していたが、敵がまだ追撃を行動に移さぬうちに、そこの寺の土塀《どべい》の角から深編み笠の旅の武士が二人すっとあらわれて、女たちのうしろへついた。

陰ながら心配して、いざとなったら加勢に出ようと待ちかまえていた武村三之丞と大山波之助が、うしろをまもってくれたのだろう。

——お美保さま、矢太郎は命拾いをしたようです。

矢太郎は二人の友情をじいんと胸に感じながら、涙が出るほどうれしかった。

生死を誓う

しばらくはだれも口をきかずに道をいそいだ。こうなっては、もう明石の城下へ泊まることだけは避けたほうがいい。矢太郎は先頭に立って朝顔御門から大倉《おおくら》谷《だに》のほうへ出た。

矢太郎のすぐうしろを楓と小扇が肩を並べてつづき、少し離れて深編み笠の武村と大山がしんがりをつとめている。

「大山——武村」

門を出てから、矢太郎がうしろへ呼んだ。ここまで来てしまえば、もう大丈夫と見たからである。

二人は黙って矢太郎に追いついてきた。

「心配をかけてすまなかったなあ」

矢太郎が心からいう。二人は返事をしなかった。若殿の命令があるから、うっかり口はきけないと遠慮しているのだろう。

「おかげで、おれは命拾いをした。感謝する」

矢太郎はかまわず話しかける。

「おれはその拾った命を、万之助君《まんのすけ》のために捨てる決心をした。敵は江戸にある。万之助さまの御家督は、我々の手で必ずまもりとおさなければならないんだ」

二人は用心して、まだ口をきこうとしない。

「今日、中村銀次郎がわしにねえ、貴公が浪人しようと、御意討《ぎょいう》ちになろうと、そんなことはわしの知ったことじゃないが、お家の御家督は絶対に他人さまにわたせぬ。しかも、他人さまが入れば、お美保さまは必ず自害するとわかっているんだ。にもかかわらず、他人さまが近き将来にお家へ入ろうとしていることは、厳然たる事実なのだ。貴公の善処を希望するというから、よろしい、引きうけたと、わしは誓っておいた」

矢太郎はこんどこそ口をきかずにはいられないだろうと待っている。

「それで、矢太さん、貴公になにかいい工夫があるのか」

案の定、まず大山波之助が口をきき出した。

「いや、工夫があるのないのといっていられるのんきな場合じゃない。これは絶対に工夫しなければならん問題なんだ。だから、わしは今、拾った命を万之助さまのために捨てるといったはずだ」

「よくわかった。矢太さんがその気なら、我々もまた、万之助さまの御家督が確立するまで討っ手のほうは延期して、貴公と力をあわせることにしよう」

武村三之丞がきっぱりと誓うようにいう。

「わしも賛成だ」

即座に波之助が同意する。

「すると、武村三之丞、大山波之助、中村銀次郎の三人に相良矢太郎を加えて四人は、お家のためにいつでも命を共にする同志と見ていいんだな」

「わしは天地神明に誓って、同志たることを約束する」

「無論、わしも後へはひかぬ。それで、矢太さん、まず我々はなにからやるべきか、貴公の工夫で指図《さしず》してくれ」

矢太郎はやっぱり、人に将たるの人望と器量とを自然に備えている男なのだ。

――お姫さまがお慕《した》いあそばすはず。

楓はひそかに耳を澄ましながら、うらやましい気さえした。そして、自分も男ならあの人たちの仲間入りができるのに、女に生まれたのが悔しい。

「ねえ、お美保さまって、そんなにきれいな娘なんですか」

小扇が臆面《おくめん》もなく、しかし心配そうに楓にそっと聞く。

「ええ、それはもう江戸へまで知れわたっているほどお美しいお方です」

「家老の娘なの」

「ええ、まあそうです」

「あんたはお美保さんの腰元のようね」

「はい」

「矢太さんとくると、お美保さんにまるで夢中なんだけど、あんたを追いかけてよこすようじゃ、その娘も相当熱が高いには高いのね」

「それはもう、ずいぶんお慕いしておられます」

「そんなら自分で追いかけてくればいいのに、人だのみの色事なんて、少し虫がよすぎやしないかしら」

「そうでしょうか」

楓は返事に当惑する。

「とにかく、あたしはだれがなんといったって、矢太さんをあたしのものにしますからね、あんたからよろしくお美保さんにいっておいてくださいまし」

小扇は一人で力んでいたが、その夜は大山と武村が矢太郎のそばを離れないので、小扇はどう焦《あせ》っても矢太郎に近づくことができなかった。

大倉谷の旅籠《はたご》についてからも、女二人は別室に入れられ、男たちの部屋ではいつまでも相談がつづいているようだ。

「一体、あの人たち、いつまでひとさまの相談をしている気なんだろう」

小扇は不平でたまらないが、相手の楓はなにかを祈るようにきちんと端座して、小扇の話し相手になろうともしない。楓にすれば、美保姫の命にもかかわるお家の大事なのだから、男たちがいずれも命がけの相談をしているのだと思うと、小扇などの話し相手にはなっていられないのだ。

「ああ、なんて陰気くさい晩なんだろうな。あたし、眠くなっちまった」

小扇は当てつけがましくそこへ行儀悪くごろりと寝そべってみせる。

とたんに、がらりとふすまがあいた。

「楓さん、矢太さんが呼んでいるよ」

波之助がわらいながら入ってきて告げる。

「あら、矢太さんが呼んでるのあたしじゃないんですか」

むくりと小扇が起きあがって、怒ったようにいう。

「なんだ、きみは眠っていたんじゃないのか」

波之助が小扇をからかっている間に、楓は会釈《えしゃく》をして、しとやかに部屋を出ていった。

「眠ってなんかいるもんですか。一体、あんたたちいつまであたしの矢太さんを取りあげておく気なんですよう」

「そうだなあ、来年の今ごろまでは年があかないだろうよ」

波之助は無作法な小扇がむやみに用談の間へ近づかないように足止めに向けられてきたのだから、どっこいしょと、小扇の前へあぐらをかく。

「なんですって。冗談いいっこなしにしましょうよ。あんまり虫のいいことをいうと、あたし本当に怒りますよ」

「ふうむ。きみは大坂の踊りの師匠だそうだな」

「それがどうしたっていうんです」

「まあ、そうけんか腰になるなよ。師匠はそんなに矢太さんにほれているんかね」

「ほれてるわ。矢太さんとなら、あたし、火の中へだって、水の中へだって、飛びこんでみせます」

「ふうむ、本当に飛びこむかね」

「飛びこみますとも、わらって飛びこんでみせる」

「じゃ、この中へちょいと飛びこんでみせてくれないか」

波之助はまじめな顔をして、ひょいと手あぶりの中の炭火を指さす。

「まあ、あんたって人は、——悔しい」

波之助は、もう少しのところで顔へみみずばれをこしらえるところだった。

別室では、矢太郎が楓を迎えて、三人の相談の結果を打ち明けていた。

「楓さんはこれから国もとへ引きかえすとして、すぐ今まで通り姫君の前へ出られるだろうか」

「はい、それはなんとでも申し訳は立つかと存じます」

「そうか。実は、三人でいろいろ話しあった結果、今となっては姫君の出府を取りやめにする手段はない。だから、姫君は黙って国もとを出立《しゅったつ》してもらって、途中で策を立てようということになった。さて、その策だが、これは敵の思惑がはっきりしないことには、どう手のつけようもない。そこで、楓さんに国もとへ引っかえしてもらって、内側から我々に連絡を取ってもらう。武村が楓さんを送っていって、これが連絡係になる。大山とわしは兵庫で姫君の行列を待ち合わせようということになったんだ。どうだろうね」

「かしこまりました。それでは、明朝、国もとへ引きかえすことにいたします」

「御苦労だが、そうしてください。たぶん、こんどの道中奉行は江戸の立花十三郎だろう。これは敵方だから、十分注意すること。なにか困ったことができたら、中村銀次郎に相談すること。武村がいつも裏についているから、うまく連絡をたやさぬこと。どうか姫君のためによろしくたのみます」

矢太郎は改めて楓の前へ頭をさげる。

「わたくし、なんの力もございませんが、命にかけてお姫さまをお守りいたす覚悟でございます」

楓は両手をつかえて、

「それについて、相良さま、お姫さまになにかお土産のお言葉をいただいてまいりとう存じます」

と、ほおを赤らめる。それを待ちかねている美保姫なのだ。なにか愛情の誓いを土産にしたいのである。

が、さすがに矢太郎も、武村の前では少し照れる。

と見て取ったから、三之丞はすっと立って、座敷を出ていった。

「楓さん、これまだだれにも打ち明けていないことなんだが、姫君を自害から救い、万之助さまの御家督を確定するには、わしが姫君を略奪してしまうのがいちばんいいんだ」

矢太郎が物騒なことをいい出す。

「あの、あの、駆け落ちをなさるのでございますか」

楓は目を丸くした。

「下世話にいえばそういうことになるんだが、ただの駆け落ちではお家の恥辱《ちじょく》になるばかりだ。できれば恥辱にならぬ名分がほしい。はたしてそんな事態になるかどうか、——とにかく矢太郎が生きているかぎり、はやまったことはなさらぬよう、道中は矢太郎がいつも陰供《かげとも》についてますからと申し上げておいてください」

「はい」

楓はまだふにおちない顔だったが、これ以上の説明は遠慮しなければならない矢太郎だった。

そして、翌日の早朝、楓は武村三之丞にまもられて国もとへ引きかえしたのである。

お命ちょうだい

それから五日目の朝、美保姫出府の行列は国もとを出発した。後見役として育ての親の神尾主膳《しゅぜん》がつきそい、道中奉行は、無論、江戸の主君から内命をうけてきた立花十三郎がうけたまわり、一切の采配《さいはい》をふるった。

十三郎は、今度の事件の主謀者である江戸家老平松小十郎、その背後にある老中松平周防守が人選してよこした男ほどあって、年はまだ二十七、八だが、才知弁口衆に優れ、肝っ玉がすわっている上に、腕前も江戸三道場の一、桃井道場の免許を持っている。それが主君と老中との内命を笠にきての采配だから、国もとの三家老さえ頭があがらぬ。

こんどの出府については、あるいは一生の別れになるかもしれないのだから、当然、美保姫は登城して若殿万之助に別れのあいさつをしなければならないのだが、

「その儀には及ばないでしょう。たって姫君が望まれるのならともかく、会ってはおたがいに気まずい儀礼を、無理におすすめすることはありません。お城においであそばすのは、御当主さまではございませんからな」

と、十三郎は平気で万之助を無視してしまった。

これは、老臣たちも日ごろの二人の行きがかりを知っている上に、若殿万之助が姫君の出府には絶対に反対している事実があるから、しいていい立てることもできなかった。

しかも、十三郎は出立《しゅったつ》の前日、若殿に別れのあいさつに登城し、

「十三郎、その方《ほう》は美保姫が予にあいさつのため登城しようというのを差し止めたそうだな」

と、万之助に面詰《めんきつ》されると、

「若殿にはこの度美保姫さまの御出府のことについて反対の御意見を持っておられます。それがお口に出ましては、せっかくのお旅立ちが暗くなります。もっとも、若さまが喜んで姫君の御出立をお祝いくださるとなれば、ただいまからでも美保姫さまに登城をおすすめしてみましょう」

と、堂々といいきった。その口裏に、どこか美保姫のほうを高く見ているよう

な風さえある。

「たわけめ、それまでにしてあいさつをうける必要はない。立て」

万之助は激怒したそうだが、十三郎はわざと若殿を怒らせて姫君の登城を避けたのだ。家中の心ある者はまゆをひそめている。

とにかく恐るべき男だという評判が立って、だれも面と向かって盾《たて》を突く者がなくなると、そういう十三郎に取り入って、なんとか得をしようという者が、若侍の中にも相当出てきたというから、人の心というものはあさましいものである。

そんな調子で、こんどの姫君の旅立ちは、お世辞にもめでたいとはいえなかったが、その出立の朝、姫屋敷の門に奇《き》っ怪《かい》なはり紙がしてあって、たちまち城下中のうわさにのぼってしまった。

「――美保姫様をたって出府させるにおいては、道中にてお命申しうくべく、念のため一筆啓上の事」

そして、署名には一本の矢が描いてあったとかで、

「下手人は先日逃亡した相良矢太郎だ。彼は美保姫さまに横恋慕《よこれんぼ》をして、姫君から恥ずかしめられたのを恨《うら》んでいるのだ」

そんなもっともらしい説が、かえって家中の士の中から振りまかれた形跡さえ

ある。

　無論、はり紙は門番足軽の手によってはがされ、さっそく道中奉行たる立花十三郎のもとへ届けられたが、十三郎は一瞥《いちべつ》をくれただけで火中に投じ、

「下らぬ風説を立てる者は厳罰に処すから、さよう心得ろ」

と、供ぞろいの者にきびしくいい渡した。

「十三郎、妙なはり紙があったそうだな」

　さすがに神尾主膳が十三郎を呼んでひそかにただすと、

「児戯《じぎ》に類することです。長老からそんなことを口にされては困りますな」

と、十三郎は一笑に付して、相手にしなかった。

「しかし、大切なお旅立ちだでな、十分注意してくれよ。児戯にも根のあるものとないものがあるからな」

　老人はまた老人らしい心配をする。

「心得ております、御安心ください」

　十三郎は強引にいいきって、定刻五ツ（八時）の出発を変更しようとはいわなかった。

「中村さま、妙なはり紙がございましたそうですね」

二日前に屋敷へもどった楓は、ともかくも出府の供を許されて美保姫のそばについていたが、銀次郎の姿を見かけると、陰へ呼んで心配そうに聞いた。

「姫君のお耳へ入れましたか」

「はい」

「姫君はなんと仰《おお》せられたんです」

「あの、早く矢太郎に会いたいと、それだけでございます」

美保姫はこんどの出府については一言も口は出さず、何事も主膳まかせにしていた。十三郎がなにをいってもただうなずくだけで、ろくに口もきこうとしないのである。

さすがの十三郎も苦笑して、

「美保姫さまが啞《おし》だとは知らなかった」

と、取り巻きにそんな皮肉をもらしたという。

その美保姫が普通に口をきくのは、主膳と楓だけのようだった。

なにかと疑問のある楓が、ふいにもどってきて、こんどのお供に加えられたのは、その時だけは美保姫が、

「楓が供にできぬとあれば、姫は江戸へまいりません」

と、十三郎にいいきってくれたからである。

この時、十三郎は、

「唖姫さま、なかなかやるねえ」

と取り巻きにいって苦笑していたそうである。

「ふうむ、矢太郎に会いたいとねえ」

「はい、そのことだけしか、お胸にないようでございます」

「あは、は、その矢太郎が、道中で姫君の命をもらうというはり紙なんだ。お姫さま、矢太さんにならよろこんで命をおやりあそばす気かな」

銀次郎は、そんななぞのようなことをいって、わらいながら行ってしまった。

裏口の人

美保姫出府の行列は、その朝、姫屋敷の門前に、お命申しうくべくというう不祥のはり紙があったにもかかわらず、強気の立花十三郎の采配《さいはい》で、予定のとおり津山を出立《しゆつたつ》した。

行列は、藩主が参府するのではないから、無論、表道具こそ立てないが、こんどの姫君出府は将軍家御台所《みだいどころ》のお声がかりという晴れがましい名分があるので、城代家老神尾主膳が後見役としてつきそい、供侍三十人、姫君と中老笹岡《ささおか》は駕籠《かご》、お付きの腰元は楓以下五人、中間《ちゆうげん》小者端女《はしため》を入れると五十人に余る美々しいものであった。

が、この行列が国境へかかろうとした時、第一の不祥事が起こった。一方の丘の上の林の中から、ふいに白羽の矢が姫君の駕籠をねらって飛び、矢は乗り物の屋根を貫いて、人々を愕然《がくぜん》とさせた。

が、姫君の乗り物にのっていたのは実は中老笹岡で、矢は幸い体をそれていたからけがはなかった。無論、出発間際にだれにも知れないように姫君と笹岡の乗り物を替えたのは、道中奉行たる十三郎の才覚である。

それはそれとして、一方供侍たち数人は、十三郎の、

「それっ、くせ者を逃がすな」

という指図《さしず》で、たちまちばらばらと丘の林へ駆けあがっていったが、そこには若殿万之助の近習《きんじゆう》の一人で、かねて弓自慢の河村源吾《げんご》という若侍が、素早く腹を

切り、返す刀でのどを突いて、見事に覚悟の死をとげていた。

「気の毒になあ。源吾は若殿の仰《おお》せつけで、背《そむ》くわけにはいかないから、わざと的を外していたんだ」

「おたがいに、侍はつらいなあ」

みんなよく知っている間柄だから、供侍たちはこういいあって、暗然とせずにはいられなかった。

しかし、これであの矢の絵を署名のかわりにした不祥のはり紙は、相良矢太郎がやった仕事ではなく、源吾が若殿にいいつけられてしたことだと、一同にもやっとわかってきた。

ということはまた、若殿万之助がこんどの美保姫の出府に対して、どんなに大きな不満を抱いているかをはっきりと裏書きしたようなもので、

「姫をいまさら人手にわたすくらいなら、いっそ殺してしまえ」

そこまで思い詰めていることが、矢太郎に討っ手を向けた気持ちから見ても、思いあわされてくる。

「主膳どの、この横恋慕《よこれんぼ》の執念は、これだけではすみそうもありませんな」

源吾自殺の報告をうけた十三郎は、苦い顔をして、一同の前もかまわず神尾主

膳にいったので、若侍たちはあっと顔を見あわせてしまった。

はたして、その夜の泊まりは津山から八里、三日月《みかづき》の城下だったが、そこでまだ一事件起こった。

無論、道中奉行の重い責任を負っている十三郎は、さすがに用心深く、美保姫の口に入るものは、湯茶といえどもいちいち腰元の一人に毒味をさせなければ差し上げない、どんな手段で姫君が毒殺されるかわからないからだ。

そして、姫君の寝間の庭には終夜交替で三人の不寝番がつき、寝間には中老笹岡と気に入りの楓がつきそう。次の間には腰元が二人ずつ寝ず番をつづけ、寝間の廊下の入り口の座敷には神尾主膳が陣取って、ここにも若侍が二人宿直《とのい》をするという厳重さだった。

――道中ずっとこんなきびしさでは、とても姫君のもとへ相良さまを手引きするすきなど得られないのではないかしら。

楓はそれが心配になってきたくらいだ。

その夜九ツ（十二時）近く、

「くせ者だ。出あえ」

と、庭で叫ぶ不寝番の声が、人々の夢をおどろかした。

それっと、供侍たちが時を移さずそっちへ駆けつけていった時は、覆面黒装束《ふくめんくろしょうぞく》のくせ者は、不寝番の一人を峰打ちに倒して、たくみに塀《へい》の外へのがれ去った後だったという。

その夜の刺客《せっかく》は、不敵にもたった一人だったが、いずれにせよ若殿のまわし者がこの行列を二段にも三段にもつけねらっていることが、これではっきりしてきた。

こうして、第二夜の泊まりは姫路城下だった。

「楓、明日の泊まりは明石の城下ですね」

夜食がすんでくつろいでいる一時、ちょうど笹岡は明日の打ちあわせがあるとかで、居間にはいず、二人きりだったので、姫君は楓にそういいながら、にっこりとされた。

「はい」

楓はなんとなく体がすくむ。姫君は、明石へ行きさえすれば矢太郎に会えると思って、そればかりをたのしみにしていられるのだ。国もとを立ってからこっち、まるで唖姫さまのようにだれとも口をきかず、口をきくのはだれもいない時、楓にだけで、それもたいていは矢太郎の話だった。

が、こう警戒がきびしくては、その矢太郎にこっちの様子を知らせてやるすきさえないのだ。

「どうかしたのですか、楓、顔色がよくありませんね」

「いいえ、楓は心配でたまらないのでございます」

「どうしてです」

「相良さまは明石のお城下から五里、兵庫というところに、大山さまとお二人で行列をお待ちになっていて、さぞこちらからのたよりを待ちかねているだろうと思うのですけれど、こう人目がきびしくては、知らせてあげることもできませんね」

「そういえば、三之丞がたしか表に待っているはずですね」

「はい」

「かまいませぬ。姫が許します。今のうちに裏口からそっと出てみるがよい」

そこはなんといってもお姫さま育ちだから、姫君はそんなのんきなことをいい出す。

「でも、お姫さま、お中老さまがもどってまいりましたら、どうなさいます」

「この本陣の庭に、たしかお稲荷《いなり》さまが祭ってありましたね」

「はい」

「楓はいま、姫の名代で、道中の無事の祈願のため、そっとお稲荷さまへ代参にやったと申しておきます」

あっと楓は思わず目をみはる。取りようによっては子供だましとすぐ見ぬかれはするだろうが、口実だけはそれでも十分立つ。こんな知恵の働くのも、やっぱり恋ゆえかと、楓はほほえましくさえなってきた。

「わかりましたか、楓。まだ宵《よい》の口ですから、庭の警戒もそう厳重ではないでしょう。もしだれかにとがめられたら、代参だと申すがよい」

「よくわかりました。それではすぐ行ってまいります」

「楓、矢太郎にはこう申してやってください。よい折があれば、こちらからも知らせる。姫は矢太郎がいつでも近くについていてくれると思うだけでも心丈夫なのですから、決して無理せぬように——それから、江戸の立花十三郎という者は、奸智《かんち》にたけた恐ろしい男ゆえ、油断してはいけません。それから、もう一つあります。目をつぶってください、楓」

「はい」

「姫はいつもいつも、そなたのことばかり思っている。矢太郎もいつでも姫のことを考えていてくれなければいけません」

「はい」

聞いているうちに、楓はふっと涙が出てきた。

「それだけです。もう目をあけてもよい」

「はい」

楓が目をあけると、美保姫の目にもいっぱい涙がたまっていた。

「では、行ってまいります、お姫さま」

楓は、たとえ後でどんな目にあおうとも、このいじらしい姫君の心だけは矢太郎にとどけてあげなくてはと決心した。

「御苦労ですね」

姫君は心から感謝するように見送ってくれる。

楓は次の間から気軽に廊下へ出た。腰元が二人もうちゃんと宿直をしていたが、用たしにでも立ったのだろうと見て、別にどちらへとも聞かなかった。

廊下へ出て、後ろの障子をしめ、素早くあたりを見まわすと、幸いどこにも人目はない。楓はそこから足袋《たび》はだしで庭へのがれ出る。

庭の夜警もまだ始まっていないようだ。天の助けと裏口へいそぐ。

――武村さま、きていてくださるかしら。

こんどはそれが気になって、胸がどきどきする。それにはもう一つ訳があった。不義はお家の御法度《ごはっと》、まして大切な姫君の御用中ではあったけれど、

「楓さん、三之丞はあんたに試合のとき竹刀《しない》でぶん殴られてから、死ぬほどあんたが好きになっている」

明石から武村に送られて国もとへ引きかえす時、気さくな大山波之助が、そんな悪いことをそっと耳にふきこんでくれた。

それから三日二晩、若い者同士二人きりの、それも命がけの旅だったのだもの、思えば思われるで、おたがいにお役目がすむまではと帯こそ許さなかったけれど、末は夫婦と、堅く抱きあって口をあわせたのは、最後の泊まりの三日月の城下の安旅籠《やすはたご》の一室であった。

「楓さん、この騒動で、はたしておたがいに命があるかどうかそれはわからないが、おれは楓さんのほかに妻は持たぬ、それだけは誓うよ」

そういって、しっかりと肩を抱きしめてくれた。ふだんは無口で、生一本のあの人、今は好きで好きでたまらない三之丞さま、役目とはいえその人に会いに行くのだから、楓が気もそぞろになるのは無理もなかった。

あいびき部屋

別室では、道中奉行立花十三郎が中老笹岡を呼びつけて、二人きりで明日の打ち合わせをしていた。

脇息《きょうそく》にもたれて、着流しのまま鷹揚《おうよう》にくつろいでいる十三郎の目は、相《あい》かわらず冷たく澄んでいて奥底が知れないが、それに背を向けて髪に櫛《くし》を入れている笹岡の、ほんのりと上気した顔も、体つきも、いつもの取り澄ましたお中老さまのおもかげはなく、なにかとろんとゆるみとけて、熟れた三十女のしどけなさがひどくなまめかしい。

奸智《かんち》の策士十三郎は、国入り早々色じかけでこの年上のお中老さまを恋のとりこにして、美保姫と矢太郎の秘密をすっかり聞き出していた。

この秘密を握った以上、筆頭の重臣神尾主膳といえども、もう口はきかせぬ。いやでも公子斉邦を美保姫の養子にむかえて、あまり聡明《そうめい》でない斉邦をあやつり、津山十万石の実権をわが手におさめる日はそう遠くはあるまい。

そして、目下その最大の敵は若殿万之助ではなく、相良矢太郎だと、早くもちゃんと見ぬいている十三郎だった。

「十三さま、もうお打ち合わせはおよろしいのでございましょう」

片すみにぬぎすてた打ち掛けをとって、手をとおしながら、笹岡は男の顔を見あげて、とろんとした口をきく。目のあたりちょっと強い面立《おもだ》ちだが、十人並みにすぐれた美貌《びぼう》で、一度は所帯くずしの上、年だけに情こまやかなのが、もてあそぶにはおもしろい。

「いやに帰りをいそぐんだね」

「まあ、そんな憎いお口を――。もどりたくはありませんが、あんまり遅くなると、妙な目で見られて悪いと思って」

「妙なことになっているのだから、それもしようがあるまい」

「不義はお家の御法度《ごはっと》、あたくしは主膳さまのお目が怖い」

「なあに、あの目はもうぼけている。心配はない」

「そうでございましょうか」

「供侍の大半は、わしのために命を張っている一味だ。それに、こんどの道中が道中だからな、打ち合わせに手間が取れるのは当然というものだ」

「ほ、ほ、なんの打ち合わせやら」

笹岡はほんのりとほおを染めて、こんな大胆な不義を平気でやってのける男のたくましさが、心うれしくもたのもしい。

「でも、もうもどらせていただきます。ほかの者はともかく、姫君さまは御聡明ですから、よほど気をつけませぬと――」

「いや、まだもどらんほうが、唖姫さまの方でも都合がいいんだ」

十三郎の目が冷たくわらう。

「まあ、それはどうしてでございます」

「いまにわかる。茶を一つ入れてくれぬか」

「はい」

なにか解せぬものがあるが、恋しい男にあごで物をいいつけられるのは、夫婦あそびをしているようで、久しく家庭というものを忘れていた笹岡には心うれしい。

「若だんなさま――」

控えの間へ入ってきた若党三平《さんぺい》が、ふすま越しに小声で呼ぶ。

「三平か、――入れ」

「はい」

「様子はどうだったな」

座敷へ入った三平は、片すみで茶を入れている笹岡を見て、ちょっと遠慮しているようだ。

「かまわぬ。お中老さまは味方だ」

「それでは申し上げますが、楓さまはいまたしかに裏口へ忍んでいきました」

「そうか。やっぱりそうだろうな」

茶を入れてきた笹岡は、思わず十三郎の顔を見あげる。

「それで、すぐあの連中のほうへ知らせたか」

「はい、如才《じよさい》はございません」

「御苦労だった。さがって休んでくれ」

若党はおじぎをして、次の間へさがっていった。

「楓がどうかしたのでございますか」

それを待ちかねていたように笹岡が聞く。

「ほかならぬ中老さまだ、教えようかな」

十三郎はなにかうれしそうだ。

「どうぞ教えてくださいませ」

「他聞をはばかる」

男の手がのびて、つと笹岡の肩を抱きよせる。

「あれ」

「と驚くほどのこともあるまい。うれしいくせに」

十三郎はわらいながら、顔を寄せるようにして、

「楓は相良矢太郎のひもだと、わしはにらんで供を許した。わしが相良を見かけたのは舞子あたりだったから、たぶんその辺でこの行列を待ちあわせる約束だろう。ひもは、裏口のひもに、いたずら姫の伝言を伝える。裏口のひもはしてやったりと、矢太郎のいるところへ走る。わしのひもがその後を追う。矢太郎がこの世から消えれば、いたずら姫もあきらめて、おとなしく押しつけ養子をお迎えあそばすだろう。わかったかね、お中老さま」

と、すごいことをいう。

「まあ――」

笹岡はただあきれて目をみはるばかりだ。

「さあ、もうよかろう。澄まして御前へ帰るがよい」

「楓はどういたしましょう」

「当分知らん顔をして、ほっておくことだ。ああいう道具は、まだ使い道があるはずだ」

「けれど、若殿さまのほうの刺客《せっかく》と内通される心配はないのでございますか」

「あるかもしれんな。あったらまたそれを逆用する、油断なく楓を見張っていて、それをいちいちわしに教えてくれるのが、貞節《ていせつ》な女房という者の役目じゃないのかね」

「ほんに、そうでございました。では、これでもどります」

「うむ、十分気をつけてな」

「あい」

うれしげにいそいそと甘い密会の間を廊下へ滑り出た笹岡は、そこでとり澄ましたいつもの中老さまの顔にもどり、掻取《かいど》りさばきもあざやかに姫君の御前へもどっていく。

そして、その夜もまた九ツ（十二時）すぎにくせ者騒ぎがおこり、こんどは三人だったというので、供侍たちはいよいよ気が気ではなくなってきた。

翌朝、姫路を出発前、いつものとおり姫君のごきげんうかがいに出た立花十三郎は、改まって切り出した。

「姫君におうかがいしたいことがございます」

はじめから十三郎をきらっている美保姫は、相かわらず唖姫になって、涼しい目だけをそっちへ向ける。席には、もう立つばかりに身支度をした笹岡をはじめ、腰元たちが居ならび、後見役の主膳もきて姫君のそばに控えていた。

「御承知のとおり、昨夜も国もとのくせ者とおぼしき者が三名、姫君のお寝間の庭へ忍びこもうといたし、警固の者に発見されて逃亡いたしました。思うに、これは逃亡したのではなく、国もとのくせ者と見たから、警固の者が逃亡させたきらいがございます。さような情実にこだわっていて、万一姫君のお身に間違いがあってからでは取りかえしがつきませんから、今後はくせ者を取り逃がした者は厳罰に処す、次第によっては切る、かような態度で臨みたいと存じますが、いかがなものでございましょうな」

要するに、厳罰主義でいこうというのだ。くせ者を切るのは当然の話だが、これを取り逃がした味方を切るというのは、少し辛辣《しんらつ》すぎる。が、こうしなければくせ者退治ができないとすれば、だれもそれは辛辣すぎるとは反対できないことだ。

十三郎の腹は、この厳罰主義を姫君にも主膳にも承知させておいて、一味に都合の悪い人間をいつでも切れる実権を握っておこうというのだ。

「十三郎、くせ者を取り逃がした家来の成敗は、姫が自分の手でしたいと思います。ほかの者に勝手に切らせてはなりません」

珍しく姫君がきっぱりと口をきいた。見事に十三郎の裏をかいたのである。

――こしゃくな。なかなかやるぞ。

十三郎は内心苦笑はしたが、それならそれで、どうしても姫君がその者を成敗しなければならないように仕向けてやれば目的は足りるのだから、

「委細承知いたしました。とにかく、右のとおり供回りにはよく申し聞かせて、以後警戒はいっそう厳重にいたさせることにします」

といって引きさがった。

こうして、行列はその日も定刻に立って明石へ向かったが、またしてもひそかに胸を痛めたのは楓であった。

――これではいくら相良さまでも、どうしようもないだろう。

いや、それより、矢太郎と姫君との間に立って密使の役に当たらなければなら

ない三之丞が、うっかり警固の者の目にふれて怪《あや》しまれると、こんどこそ命があぶない。しかも、たぶん今夜も明石の本陣へ、矢太郎の返事を持って忍んでくるはずなのである。

密　使

その同じ朝——

武村三之丞は夜どおし歩いて、夜の白々明けに兵庫へ入り、矢太郎たちが泊っている約束の旅籠《はたご》を起こした。

春眠暁《しゅんみんあかつき》をおぼえぬ寝込みへ三之丞を迎えた矢太郎と波之助は、幸いうるさい小扇は夜だけは別間へ寝ているので、すぐに三之丞のくわしい報告を聞いた。

「御苦労だったな、武村」

矢太郎は、この数日、旅の疲れと気苦労に疲労の色の濃い三之丞を、心からねぎらわずにはいられなかった。

「それにしても、源吾はかわいそうなことをした」

同じ近習《きんじゆう》仲間だけに、三人は顔を見合わせて暗然たるものがある。

「三日月の城下で、姫君の寝所を襲おうとしたのはだれなんだろう」

「さあ、それはわからん」

「おなじ討っ手でも、我々のほうはまだよかった。矢太郎はどこへ行ったのかまだわかりませんでもすむからな。相手が姫君では、そうはいかんからつらい。なあ、武さん」

これから何人友達がそのために犠牲になるのかと思うと、自分たちがそれで散々苦労してきたのだから、しょせんは暗愚な若殿に対して、波之助は妙に憤《いきどお》りさえ感じてくる。

「武村、貴公は昨夜からだれかに後をつけられている、そんな気は少しもしなかったか」

じっと考えこんでいた矢太郎が聞いた。

「いや、そんな気はしなかった。どうしてだね、矢太さん」

「楓さんが昨夜だれにも見とがめられずに裏口へ出てこられたというのは、少し変だ。話の様子から見て、立花十三郎がそんな生ぬるい手配りをしているとは考えられぬ」

「なるほど」

三之丞がはっとしたような顔をする。

「だいいち、十三郎が楓さんを黙って姫君の供へ加えたのからして、うかつにやったこととは思えない。彼は、わしが舞子で中村銀次郎としばらく話しあったのを、ちゃんと知っているんだ。国もとへ行って様子を探れば、わしがどうして出奔《しゅっぽん》したかぐらいはすぐ知れるからな。おそらく、楓さんの身辺には、特に彼の目が光っているはずだ」

「うっかりしていたなあ」

思わず口に出してしまったのは、三之丞はあたりに人目なきを幸い、恋しい楓の肩を思いきり抱きしめているからだ。いや、楓のほうからいきなり首っ玉へしがみついてきたのだ。楓はうれしいと夢のようにつぶやき、わしもうれしいと三之丞もたしかにいった。

それを敵に見られていると思うと、三之丞はいまさらながら顔が赤くなる。

「じゃ、矢太さん、彼は貴公の命をねらっているということになるのか」

波之助が目をみはって聞く。

「たぶんそうだろう。彼はなぜ姫君が啞姫になったかを知っているし、なんの目的で我々がここに待っているかは、考えなくたって知れることだ」

「すると、こんどは我々が彼の討っ手をうけることになるんだな」

「たぶん、そうなるだろう」

「よし、先んずれば人を制すだ。今夜明石の陣へ夜襲をかけて、我々の手で立花十三郎を討ち取ってしまおうじゃないか。幸い行列の供回りは国もとの者ばかりだし、その中に同志中村銀次郎も加わっている。楓さんの手から銀次郎に密書を送って、我々が今夜切りこむから、なるべくじゃまをしないように、遠巻きにしてくれと通じておく。どうだろうな、矢太さん」

波之助がそんな思いきったことをいい出した。

「無論、最後の手段として、それはわしも考えていた」

矢太郎はまず賛意を表しておいて、

「しかし、それはあくまで最後の手段だ。江戸まではまだ百五十里ある。いそぐことはない。もう少し敵の出ようを待ってみようじゃないか」

と、おだやかに自重論を出す。

「しかしなあ、矢太さん、おれだって別にいのしし武者にはなりたくないが、我々が自重している間に、若殿のほうから何人も源吾のような犠牲者を出すのは、おれにはたまらん気がするんだ」

日ごろは明るい気性の波之助の目に、ふっと涙が光ってくる。多感な矢太郎は、ぐっと胸へこたえて、

「山さん、同感だ。そのためになら、わしこそ真っ先に切り死にすべきだ。決して貴公たちに迷惑はかけぬ。が、わしに一つ疑問がある」

と、悲痛な顔をする。

「疑問――？」

「若殿がかっとなって、いっそ姫君をなきものにと思いつめ、源吾に内命をつたえたのは、残念ながらありそうなことだ。しかし、若殿はかんしゃく持ちで、わがままではあるが、決していつまでも人を恨《うら》んだり憎んだりする冷酷な人ではない。根は人情にもろい善良な人柄なのだ。おそらく、源吾が思いあまって、わざと駕籠《かご》を射損じ、その場で自殺したと伝え聞いた今は、きっと後悔されている。これだけは、わしが若殿のために断言する――」

「すると、第二の犠牲者は出ないというのかね」

「出ない。若殿がその時の感情で内命を下したのは、源吾一人きりだ。かっとな

ったから、そんな気になったままでの話だ。それは、わしの討っ手が貴公たち二人きりで、いまだに第二の刺客《せっかく》がこないのでもわかるじゃないか」

「なるほど――？」

「三日月の城下で、姫君の寝所の庭へ忍びこんだというくせ者は、おそらく若殿の出した者じゃあるまい」

「なんだって――？」

「たとえば、若殿の内意をうけた本当の刺客なら、ちゃんと手配りがあるとわかっているところへのこのこと忍びこむ愚もしないだろうし、あえてそれをやるくらいなら、源吾同様、死を決しているから、逃げるようなひきょうなまねはするものか」

「そうだなあ、我々近習仲間にはそんなやつはいないはずだな。すると、そのくせ者はだれなんだ」

「若殿を暗愚にして、人心が離反すればするほど得をするやつが、わざと若殿の刺客をこしらえて策動しているんだ」

「ふうむ、やっぱり十三郎の小細工だというのか」

「わしはそう思う。この策動には、もっとほかに大きな目的があると、わしはにらんでいる。まあ、今夜を待ってみてくれ」

「そうか。よくわかった。じゃ、我々はやっぱり自重して、矢太さんの指図《さしず》を待つことにしよう。よろしくたのむ」

そして、その夕方、第三夜を明石で迎えるはずの姫君の行列から、神尾主膳の密書が矢太郎のもとへ届けられたのである。

――事態急迫、今夜四ツ（十時）を合図に明石本陣裏口まで御潜行《ごせんこう》願いたく、他聞をはばかる儀ゆえ委細面談つかまつり候《そうろう》
文意は簡単で、使者に立ったのは宿の番頭らしい見知らぬ男である。

敵の裏

神尾主膳からの密書は、無論、こっちをおびき寄せてわなにかける立花十三郎のたくらみだとは、矢太郎ならずともすぐ読める。主膳は、楓からでも聞かないかぎり、矢太郎が兵庫にいることは知らないはずだし、たとえそれを知ったとし

ても、主膳からいえば矢太郎は危険人物になるから、こんな密書などよこすはずはない。

「それにしても、立花というやつは案外見えすいた手を使うやつだな」

大山がけいべつするようにいった。

「いや、これはこっちの出方を試してみようとする瀬踏みだろう。これに引っかかって、のこのこ出てくるようじゃ、矢太郎恐るるに足らずと、立花はこっちをばかにする」

矢太郎はまだじっと偽《にせ》密書をながめている。

「だから、のこのこ出ていかなけりゃいいんだろう」

「わしはのこのこ出ていくのも手だと思うが、どうだろう」

「なんの手紙だか知らないけど、なにもわざわざばかにされに行かなくたっていいじゃありませんか。物好きねえ、あんたは」

横から小扇が突っかかってきた。矢太郎に執念があって、どうしてもそばを離れられないのに、とかく三人からじゃまものあつかいにされて、なんの相談にもあずかれないのが業腹《ごうはら》でたまらない小扇なのだ。

「まあ、あねごはちょっとの間黙っていてくれ。そのかわり、この相談がすんだら、我々二人は遠慮して、しばらく矢太さんと二人きりにしておいてやるからな」

大山が調子のいいことをいって、口を封じようとする。

「ふうんだ。二人きりにしてくれたって、矢太さんがかわいがってくれなけりゃなんにもなりゃしない」

それでも小扇は、相談のじゃまをして矢太郎に苦い顔をされるのが怖いから、控えの間へさがって手まめに茶の支度をしてくれる。

「それで、のこのこ出かけると、どんな得があるんだね、矢太さん」

「こっちは九回失敗して、矢太さん恐るるに足らずと敵を油断させ、最後の一回に成功すれば、それでいいと思う」

「なるほど」

「第一に、こっちがその気でいることを楓さんに伝えておかなければならない。第二に、若殿の刺客《せっかく》というのがその後も出るかどうか、それがはたして立花の小細工かどうか、これは中村銀次郎に探ってもらわなければならぬ。第三に、敵がどんなわなのかけ方をするか、最後の一回の成功の参考のためにも見ておきたい」

「つまり、楓さんにうまく連絡をとって逃げてくればいいんだな」

「そうだ。――つかまってもかまわない、用さえ足りればね」

「なるほど。よし、おれがやってみよう」

大山が簡単そうに引き受ける。

「いや、貴公はつかまると命があぶない」

「つかまる気でないように、すればいいだろう」

「つかまらないと、楓さんには会えないかもしれぬ」

「そうだな。楓さんのほうじゃ今夜四ツ（十時）というのは知らないわけだからな」

大山はちょっと当惑したようだ。

「わしが行ってみよう」

三之丞が遠慮そうにいった。

「なにか楓さんを引っぱり出す恋の合図でもきめてあるのか、武さん」

大山があけすけなことをいう。

「いや、そんな合図はきめてないが、わしがもしつかまったとわかれば、たぶん楓のほうから会いにきてくれるかもしれない」

いっているうちに顔が赤くなってくるきまじめな三之丞だ。

「しかし、貴公にもしものことがあると、楓さんがかわいそうだからな」

大山は親友として、武村は殺したくないと思う。

「へえ、武村さんは楓さんといい仲なの」

茶を入れてきた小扇が、うらやましそうに口を出す。

「まだ相談中だよ、あねご」

「ほっといてよ、ひとりごとなんだから。――そうねえ、二人っきりで二日も三日も泊まりを重ねたんですものね、いい仲にならないほうが、どうかしてるんだわ」

「そうだとも、矢太さんみたいにな」

ついからかいたくなる大山だ。

「あんた、まだ相談中でしょ。あっちを向いていたらどうなの」

「こいつあいけねえ、しかられちまったよ、矢太さん」

「あねご、大山と二人っきりで、ちょいと旅寝を重ねてみる気はないかね」

矢太郎がわらいながら、妙なことをいい出す。

「おや、あんた、あたしを大山さんに押しつける気なの」

「いや、押しつけるのが目的じゃない。あねごなら、楓さんに会いに行っても、命までねらわれることはないと思うが、どうだろう」

後の言葉は二人のほうへ相談するようにいう。

「なるほど、こいつは妙案だな」

「あたしにどこへ行けっていうのさ、矢太さん」

矢太郎に物をいいつけられるのもうれしいし、どうやら三人の仕事の仲間入りができそうなのも本望なのだろう、小扇はまんざらでもなさそうな顔つきだ。

「実はなあ、あねご、楓さんは今夜ある人のお供をして、明石の城下までくることになっているんだ。その楓さんに内密の伝言があるんだが、我々では向こうの連中に顔を知られているんで具合いが悪い。あねごなら女のことだし、楓さんとも顔見知りだから、うまくやれるんじゃないだろうかという話なんだ」

大山がかわって説明する。

「わかったわ。楓さんはお美保とかいう家老の娘の供をしているんでしょう」

「まあ、そういうことだな」

「内密の伝言ってのは、その娘のところへ矢太さんが忍んでいきたい、手引きをしてくれってことなんでしょ」

「そんな浮いた話じゃないんだ。どういったらいいかな、矢太さん」

「そうだなあ、楓さんに会ったら、お若のほうの文《ふみ》はうそらしいから、お銀によく真相をたしかめておいてくれといってもらえば通じるだろう」

「うむ。それで、楓さんに会う方法は――？」

「貴公にあねごを明石まで送っていってもらって、あねごだけ四ツ（十時）に本陣の裏口へ行く。きっとつかまるに違いないから、つかまったら旅先で楓さんに路銀《ろぎん》の貸しがあるから返してもらいにきたんだとかなんとか、そこはうまくいって、とにかく楓さんと会えるようにしてもらえばいいんだ。あねごなら、そのくらいのことなんでもないだろう」

「ふうんだ、自分がお美保に会いたいばっかしに、お友だちやあたしをこき使うなんて、あんたって人はどうしてそう虫がよくできているんだろうな」

　考えてみると、ぷっとふくれたくなってくる小扇である。

「よし、わかった。じゃ、あねご、さっそく出かけよう」

　兵庫から明石へは五里ある。すでに時刻は七ツ（四時）をまわっているから、すぐに出発しなければ四ツ（十時）には間に合わないのだ。

「いいわ、あたしついでにお美保に会って、そういってやろう。矢太さんはあたしと夫婦約束してしまったんだから、もうあんたあきらめたほうがいいって」

「そうやくなよ、あねご。あねごはわしが泊まりかさねている間にいい仲になったら、いくらでもかわいがってやらあね」

「いやなこった、山さんなんか。変に手なんか出したら引っかいてやるから」

「よろしい、わしは籠手《こて》をはめて、手を出すことにする」

冗談口をたたきながら、もうさっさと旅支度を始めている大山だった。

わなに落つ

小扇にとって、大山波之助は明るくて気軽い、いい口げんか相手だったから、五里の夜道はそう退屈せず、案外足がはかどりもした。

「さすがに、あねごは足が達者だねえ」

大山がわざと妙な感心のしかたをする。

「胴巻きを抜かれないようにするんですね」

小扇も、素姓《すじよう》はもう知れているんだから、あけっ放しである。

「おれのはあいにく、あねごの胴巻きほど重くないよ」

「あっ、あたし矢太さんの胴巻き、あずかりっ放しできちまったけど、後で困らないかな」

小扇は矢太郎の五十両を抜きっ放しにしているのである。

「大丈夫だろう、あの男はどうころんだって食わずにいる男じゃない」

「そうねえ、案外ずぶといんだから」

「それでいて、間が抜けているところもある」

「どう間が抜けているのさ」

「おれに聞くことはないだろう」

「ああ、そうか。それでも、山さんよりはしっかりしてるわ」

「ほれた欲目というやつだな」

「ねえ、お美保っての、そんなにきれいな娘なの」

それが気になってしようがない小扇である。

「うむ、ちょいときれいだな」

「あたしとどっちだろう」

いってしまってから、さすがにぺろりと赤い舌を出す。

「そうだな、あねごもまた捨てがたい美人だな」

「望みあるかしら」

「あるとも、人間木石《ぼくせき》にあらず」

「惜《お》しいところで、漢文を使いっこなしさ」

「ああ、そうか。男はころびたがるってことだ」

「あたしはあの人のことを聞いているんですよう」

「わかってるよ。あの人だってころびたがらあね」

「うれしいな、本当にころんでくれるかしら」

「ころぶとも。七転び八起きってことがあらあね」

「ぶん殴るから――」

こんな調子だから、まもなくみそかに近く月のない夜だったが、それさえ少しも苦にならない。

その大山とは、明石の本陣の裏の角まで送ってもらって、そこで別れた。

「あねご、おれはしばらくここで様子を見ながら待っているからな、だめなようだったら、あんまり無理をしないで、すぐ帰ってこいよ。また明日という日もあるんだからな」

「わかってるわ。山さんは親切だから好きよ」

口では軽くいったが、男の友情とでもいうか、こんな女にでもいざとなれば親身になってくれる男の親切が、小扇には涙の出るほどうれしかった。

――矢太さんだって、あたしがこうやって一生懸命に情をつくし働いているうちには、きっと折れてくれるに違いないんだわ。

そう思うと、小扇は急に働きがいを感じてくる。

時刻は町も宿屋ももうそろそろ寝しずまってくるころで、ましてここは裏口だから、しいんと真っ暗で、無論、どこにも人の気配一つしなかった。

小扇はそこは道中師という肩書きのある女のこと、こんなことは慣れたもので、板塀《いたべい》づたいに足音も立てず、するすると裏木戸へ忍び寄って内の気配に耳を澄ましながら、そっと戸に手をかけてみた。

しまりはないらしく、すっとあく。

――臭いなあ。台所口ならしめ忘れるということもないではないが、ここは裏庭の木戸で、ふだんは出入りしないところだ。

しかし、わなに引っかかるのを承知できたのだから、ためらうことはない。中へ入って後をしめ、さてどっちへ行ったものだろうと、植え込みをすかして建物のほうへ目をすえていると、はたして、

「だれだ、お前は」

　その植え込みのかげから若侍が二人つかつかと出てきて、いきなり柄《つか》に手をかけた。夜目にも白々と勇ましいはち巻き姿である。

「ああ、びっくりした。おどかさないでくださいよ。あなたがたこそどなたなんです」

　小扇がぬけぬけとやりかえす。

「黙れっ、貴様はいまごろ、なにしにこんなところへ忍びこんだんだ」

「会いたい人があるんです」

「なにっ」

「あんたたちは御家老さんの家来たちですか」

「それがどうしたというんだ」

「いやな人たちねえ。そんなにけんか腰にならなくたっていいじゃありませんか。あたしは楓さんというお腰元さんに用があってきたんです。いるでしょう、お供の中に楓さんていう人が……」

「それは楓どのはいるが、その楓どのになんの用があるんだ」

「あんまり人に聞かれていい用じゃないから、裏口からこっそりたずねてきたんじゃありませんか。そんなやぼをいわないで、楓さんに、中村小扇て女が会いにきたと、そっと取り次いでくださいよ。そういえばわかるんですから」

小扇の様子に少しも悪びれたところがなく、至極《しごく》いけしゃあしゃあとしているので、夜番の若侍たちもちょっと見当がつかなくなったらしい。

「おかしな女だなあ。お前、一人できたのか」

「ええ、あたしはいつだって一人です。まだ亭主ってものがありませんからね」

「一体、楓どのにどんな用があるんだ」

「だから、会えばわかるんだっていってるじゃありませんか。そんな女同士のこと、男が聞きたがるもんじゃありません」

「どうする、太兵衛《たへえ》」

一人が連れに相談し出す。

「どうするって、我々は重い警固の役をおびているんだ。一つ間違うと厳罰に処せられるからな、とにかく、立花どののところへ連れていっておうかがいを立ててみよう」

「そうだな。——おい、女、いっしょにこい」

「楓さんに会わせてくれるんですか」

「会わせていいか悪いか、それは重役に聞いてみた上のことだ」

「あら、ずいぶんやっかいなんですね。重役の耳に入れるほど大した用じゃないんですけれど」

「いいから、黙ってついてこい」

二人の若侍は、小扇を中にして母屋のほうへ歩き出す。

――どうやらうまくいきそうだ。

小扇は内心得意である。それにしても、ところどころにおなじような警固の若侍が二人ずつ立っていて、おい、どうした、その女はなんだと聞いている。たかが一藩の家老ぐらいにしては、大がかりな用心ぶりだな、そんなに娘を矢太さんに会わせるのが怖いのかしらと、いささかふしぎな気がしないでもない。

ぐるりと別棟《べつむね》の横手をまわって母屋《おもや》のほうへ出ると、そこに小庭を枝折り戸《しおど》で仕切った茶室がかりの一間があるようだ。一人がそこの雨戸をたたいて、

「立花どの、お目ざめでございますか。――立花どの」

と声をかける。

「どなたです」

すぐに雨戸があいて、顔を出したのは若党らしい男である。

「ああ、三平さんか。実は、いま裏口から中村小扇とかいう女が入ってきて、楓どのに会いたいといってるんだが、取り次いでいいかどうか、立花どのにうかがってくれ」

「かしこまりました。ああ、そこにお連れになっているのですね」

若党の顔が一度引っこむと、まもなく、がらがらとそこの雨戸が三、四枚あいて、さっと明るい灯が庭へ流れてきた。

——さては、いよいよお美保の親父が出てくるのかな。

小扇が庭先に突っ立ってながめていると、いまの若党にぼんぼりを取らせて、奥から廊下へ出て立ったのは、まだ若い着流しの立派な侍だ。

立花十三郎である。

「楓に会いたいというのは、その女か」

十三郎はじろりと小扇の顔を一目見て、はてなと思った。

今夜は矢太郎に呼び出しがかけてある。まさか自分で出てくるとも考えられないが、だれかをよこすに違いないと心待ちにしていたところだ。

それが女とはちょっと意外だったが、この顔にはどこか見おぼえがある。

——そうか、舞子で矢太郎といっしょに歩いていた女だ。

こいつ、おもしろいと思ったとたん、十三郎の胸にはもう、一つの筋書きができあがっていた。

「太兵衛、その女は国元のまわし者だ。なわをかけろ」

あっと若侍たちは目をみはったが、それよりびっくりしたのは小扇である。

「なんですって――？　あっ、なにをすんのさ」

「黙れっ、くせ者」

「神妙にしろ」

小扇がいかに敏捷《びんしょう》でも、ふいに男二人にかかられたのではどうしようもない。わずかに身もがきしただけで、たちまちうしろ手に縛《しば》りあげられてしまった。

「畜生《ちくしょう》、あたしを縛ってどうしようっていうのさ。そんな高慢《こうまん》ちきな顔をしやがって、一体お前だれなんだえ」

縛られても口だけは達者な小扇だから、悔しまぎれに、まなじりを裂《さ》いて十三郎に食ってかかる。

が、胸に一物ある十三郎は、取りあおうとはせず、

「この女を寝所の庭へ引け」

冷たくいいつけておいて、すっと居間へ入ってしまった。

小扇の啖呵《たんか》

楓は、その夜も姫君のびょうぶの外へ、中老笹岡とまくらを並べて床に着いたが、目がさえて容易に眠れなかった。

——どうぞ三之丞さまの身に間違いがありませんように。

宮仕えする身が、申し訳ないとは思うけれど、気づかわれるのはその人のことである。

昨夜、姫君の言葉だよりを持って、今朝は兵庫へ着き、律儀な人だから、こんどは相良さまの返事を持って、夕方にはこの明石へ引きかえしているに違いない。今日も夜食の後で、どうかして裏口まで忍んでいき、警戒がいっそう厳重になったから、夜更けには決して本陣へ近づかないようにと注意しておいてやりたかったが、今夜はとうとうその暇がなかった。お中老さまは今夜もまた夜食の後でしばらく道中奉行のもとへ明日の打ち合わせに行ってもどらなかったが、その間中、主膳さまが御前へ出ていたからである。

主膳さまは、お中老さまが毎夜家老さまのところへどんな打ち合わせに行くのか、ご存じないのだろうか。いずれにしても、笹岡さまはもう敵方なのだから、気は許せない。

「楓、この本陣の庭には、お稲荷《いなり》さまがありませんでしたね」

姫君はさっきお寝巻きに着替える時、そっとそんな冗談を口にされて、寂しくわらっていた。やっぱり、相良さまのたよりを待ちかねていられるのだろう。

あれを思い、これを考えて、目がさえるばかりの楓だった。

ふっと廊下の入り口で、静かに鈴の鳴る音がした。おやと聞き耳を立てていると、次の間から宿直《とのい》の腰元が一人、

「はい」

と答えて廊下口へ立っていった。

なにかただごとではないような気がする。隣ですやすやと軽い寝息を立てていた笹岡も、さすがに心には油断がないらしく、むくりと起き上がって耳を澄まし、このごろはみんな帯も取らずのごろ寝だから、すぐに打ち掛けを取って着ている。

その間に楓は立って、びょうぶの内の姫君の褥《しとね》の横へ行って、ぴたりと座った。

美保姫もまだ眠れずにいたらしく、ぱっちり目をあいて、物問いたげに楓の顔を見上げる。

「お中老さまに申し上げます」

宿直の腰元がふすま際へきて座って、声をかけてきた。

「なにごとです。ふすまをおあけなさい」

「はい」

腰元はふすまをあけて、

「ただいまお廊下口まで立花さまお越しなされ、庭へ女のくせ者一人忍び入り、捕らえてみると、楓さまに会いにきたと申しましたそうで、あるいは国元から手を替えてのまわし者かもしれず、次第によっては切らねばならぬから、一応姫君さまのお耳に入れてくれるようにとのことでございます」

と告げた。

「楓、起きます」

姫君はすっと床の上へ起きあがる。楓はまくらもとの被布《ひふ》を取って、寝巻きの上から着せかけながら、自分に会いたいという女、何者かしらと、胸がふるえる。

「姫君さま、お聞き及びでございましょうか。いかが取り計らいましょう」

笹岡が御前へ進んで聞いた。

「そのくせ者、美保の前で取り調べるよう、十三郎に申しつけなさい」

きっぱりといいつける美保姫だ。

「はい」

笹岡は、自分で立って、廊下口へ返事に行く。

「楓、心あたりがありますか」

気づかわしげに声をひそめる姫君だ。

「いいえ、わたくし――」

「矢太郎は妙な女につきまとわれていると申しましたね」

「あっ、楓はうっかりしておりました。中村小扇かも知れませぬ」

もし小扇なら、矢太郎からなにかいいつけられてきたのだ。あるいは、矢太郎も、波之助も、三之丞も、今夜明石へきているのではないだろうか。

それにしても、すぐそこまで気がまわる姫君の鋭さには、まったく感心させられる。

そういう間にも、控えの間のほうの雨戸があけられ、庭先へはいくつもちょうちんが用意されたようだ。

その寝所の明るい庭先へなわつきのまま引き出された小扇は、あれえと、思わず目をみはった。

座敷の正面に、金びょうぶを背にして大名の姫君みたいな素晴らしい娘が紫《むらさき》羽二重《はぶたえ》の被布をきて座り、少しさがって左に、芝居に出てくる八汐《やしお》みたいな打ち掛け姿の中老が控え、右に楓が座っている。

廊下に座っているのは、さっきの面憎《つらにく》い立花という若い男と、家老みたいないかめしい顔の老人である。庭には若侍どもが十人ばかり、左右に控えている。

――こりゃ大芝居だ。けど、おかしいな、矢太さんとちちくりあった美保って娘は出てこないのかしら。

小扇はなにがなんだか訳がわからず、ぽかんと立ったまま楓の顔を見ている。ここでたよりになるのは楓だけだからだ。

どうしたことか、その楓はさっきからうつむいたきりである。

「こらっ、下におらぬかっ、無礼者」

なわじりを取っていた太兵衛が、いきなりしかりつけてきた。なるほど、足下に荒むしろが敷いてある。

「どっちが無礼なのさ。あたしがどんな悪いことをしたというんだえ。なんの罪もない者をなわにかけて、こんなところへ引っぱり出すなんて、お前さんたちのほうがよっぽど無礼じゃないか。言ってごらんよ、あたしがどんな悪いことをしたんだか」

小扇は突っ立ったまま、負けずにやりかえす。

「いいから、座れ。御前だぞ」

「いやなこった。なわつきでこんなところへ座れば、まるで罪人じゃないか。そこにおいでのお姫さまみたいなお方に申し上げます」

「黙れ、黙れっ。下におらぬか」

「太兵衛、捨てておきなさい」

美保姫がさわやかに太兵衛をたしなめる。

「そら、ごらんなさい。——お姫さまに申し上げます。その立花さんとかいうのっぺりした男は、あなたさまの御家来のようですね。その男は、あたしがなんにもしないのに、いきなりくせ者あつかいにして、あたしをこんなに縛《しば》らせてしまったんです。どうしてそんなひどいことをするのか、お姫さまからひとつ、よう聞いてみてくださいまし」

「十三郎、答えてつかわせ」

姫君がうながす。

「はっ」

十三郎は会釈《えしやく》をしてから、じろりと冷たい目を小扇に向けた。

「これ、女、その方《ほう》はだれにたのまれて、今夜この庭内へ忍びこんだのか、白状してみよ」

「おや、変ないいがかりをいうんですね。あたしはなにもここへ忍びこんだんじゃありませんよ。用があったから裏口から入って、ちゃんとこの太兵衛さんに、楓さんに会わせてくださいと、取り次ぎをたのんだんじゃありませんか。それを、この太兵衛さんが、どう勘違いをしたか、あたしをお前さんの庭先へつれていって、お前さんはあたしの顔を見るなり、いきなりくせ者と、あたしをくせ者あつかいにしたんじゃありませんか」

「よし、お前は待て。――それでは楓に聞くが、この女はその方に会いにきたという。楓はこの女を存じているか」

十三郎は楓のほうへ聞く。

「はい、この方はわたくしが旅先で知り合いになりました大坂の踊りの師匠で、中村小扇さんと申します」

「旅先でな、——ただそれだけかね」

十三郎の目がきらりと意地悪く光る。

「はい」

「それでは聞くが、この女は相良矢太郎と舞子あたりを歩いていたのをわしは見かけている。その方も知らぬはずはないはずだが」

楓は答えられない。知っているといえば、次にどんな難題が出るかわからないからだ。

「ああ、思い出した。あんたはあの時、たしか馬で飛ばしていた人なのね」

「そのとおりだ。相良矢太郎は国元の息のかかった男だ。お前は楓に会うというのを口実にして、実は相良矢太郎から姫君に近づいてお命をちぢめるようにたのまれて、今夜ここへ忍びこんだのであろう。どうだ、白状せよ」

「立花さん、冗談もたいがいにおしなさいよ。矢太さんがなんのために、あたしにそんなことをたのむんです、ばかばかしい」

「黙れっ、この十三郎のにらんだ目に狂いはない。強情を張ると、拷問《ごうもん》にかけても白状させるぞ。どうじゃ」

居《い》丈高《たけだか》になって、無実の罪に落とそうとする十三郎の腹だ。そうでないと見えすいてはいても、それを弁明するには、姫君と矢太郎の仲を明るみに出さなくてはならない。それが明るみへ出ると、後見役たる神尾主膳の立場がなくなる。そこが十三郎のつけ目だった。

「あきれた唐変木《とうへんぼく》だなあ。どこを押せばそんな音が出るんだろう」

小扇は訳がわからないから、ただあきれるばかりだ。

「ええ、言うな。太兵衛、その女を引きすえて、痛みにかけてみろ」

「十三郎、それはそなたの思い違いです」

美保姫がきっぱりといった。

「ほう、どう思い違いでございましょうな」

「矢太郎は美保の命をねらう者ではありません」

「それはまたどういうわけでございますな」

「十三郎は、それを美保の口からいわせたいのですか」

姫君の顔色が少し変わってきた。楓は思わずはっと息をのむ。

笹岡はおやと目をみはり、主膳は黙然と庭先を見ている。

「子細をうけたまわらなければ、十三郎この度の重い役目の手前、納得がまいりません」

「それではいいましょう。美保は矢太郎が好きだからです。矢太郎も美保が好きだからです。わかりましたか、十三郎」

姫君の目が挑戦するごとく、じっと十三郎を見すえる。星のように輝きを増した美しい目である。

——矢太さんのお美保とは、このお姫さまだったのか。

世にもぽかあんとした小扇だった。

火　花

「これは異なことをうけたまわります。自ままな好きは下世話にいう不義——神尾どの、御老人は姫君の御後見役として、以前からさようなことを承知しておられたのですか」

まさか十三郎も、美保姫が人の前でこんな大胆なことを口にしようとは思いもかけなかった。が、姫君が自分からそんな不義をみとめたからには、老臣筆頭の神尾主膳の責任を追及して、あわよくば詰め腹を切らせるにはいい機会だから、皮肉な顔を主膳のほうへ向けた。

「お待ちなさい、十三郎」

すてておいては主膳が窮地《きゅうち》におちいることはわかりきっているので、美保姫がすかさず口を入れる。

「それを主膳にたずねる前に、小扇とやらの疑いは解けたのですから、まず小扇のなわをおときなさい。罪なき者をみだりに縛《しば》るものではありません」

「お言葉ですが、まだこの女の疑いは解けてはおりませぬ」

「どうしてです？」

「相良矢太郎が家来の分際で、主人たる姫君に不義の使者をよこしたとすれば、よこした矢太郎も、そんな使いに立った女も、重罪はまぬがれません」

「そんなことをだれがきめたのです。美保が矢太郎が好きでは、どうして重罪になるのです」

姫君は負けていない。

「困りましたなあ」

そんなことがわからぬかというように、十三郎は苦わらいをして、

「あなたさまは平松家十万石の御息女でございますぞ。この度、御老中さまお取りなしにて、将軍家より御養子縁組み御内定の大切なお体、万一さようなふしだらな儀が、将軍家や御老中のお耳にでも入りましたら、ただに家名の恥辱《ちじょく》、天下のものわらいばかりでなく、御当主さまがどのようなおとがめをうけるか、その辺のことは少しもお考えにならぬのですか」

と、切り札の老中をかつぎ出して、これでもかと、頭からおさえつけようとする。

「十三郎、平松家には万之助さまというお世つぎがあるのを存じていますか」

「なんと仰《おお》せられる」

「将軍家よりの御養子縁組みを勝手におうけしたのは、だれです」

「勝手にではございません。御老中さまお指図《さしず》により、江戸の老臣ども協議の上にて、御当主さまの御内諾《ごないだく》を得、おうけしたのでございます」

「なぜお断り申しあげなかったのです。当家には万之助さまという立派なお世つぎがあるではありませんか」

「いやしくも将軍家よりの仰せを、そんな自ままは申せません。姫君は平松家十万石がお取りつぶしになってもよいといわれるのですか」

「お黙りなさい。そのようにこざかしい口がきけても、将軍家や老中の押しつけ養子が断りきれず、平松家十万石をおめおめと取りつぶされるほど、江戸の老臣どもは知恵も分別もないのですか。美保は、そなたたちの無能、意気地なしの犠牲になって、江戸へまいりたくはありません。明日はここから津山へ引きかえしますから、そなたは江戸へ立ち帰って、もう一度老臣どもとよく相談なさい」

見事な逆襲だった。十三郎は少し美保姫を甘く見すぎた感がある。とはいえ、そんなことぐらいで恐れ入るような簡単な十三郎ではない。

「すると、姫君には、御自分のわがままにて、平松家十万石が家名断絶してもよいとおおせられるのですな」

「十三郎、そなたは美保に自害せよと申すのですね」

「なんと仰せられます」

「さほどに家来のわがままが通したくば、美保の死骸《しがい》を江戸へ運ぶとよい。この上の論は無用、おさがりなさい」

こしゃくなと十三郎は思ったが、その目の色で、この上とやかくいうと、時のいきおいで本当に懐剣を抜くかもしれない。そういう生一本の激しさがはっきりと見て取れる。普通の娘なら、これくらい激昂《げっこう》すれば必ず取り乱したところが出るはずだのに、顔色こそ多少青くなっているが、あくまで落ち着いているのがなんとも不気味だ、こいつ困ったことになったなと、さすがにちょっと当惑していると、

「立花さま、姫君のごきげんにさからってはなりませぬ。後ほどお気のしずまりました折、笹岡からもよくお話し申し上げておきますから、ともかくもここはひとまずお引き取りくださいませ」

と、うまくきっかけをつけてきた。

「何分、たのみおきます」

少し器量は悪いが、十三郎はそれを潮に、一礼してすっと立ち上がる。だれもかもほっとした面持《おもも》ちだ。

「楓、小扇のなわをといてあげなさい」

「はい」

「小扇とやら、家来の者の粗忽《そこつ》、姫からもわびます」

「どういたしまして――」

小扇も思わず頭が下がってしまった。

「皆の者、御苦労であった、もう引き取るがよい。――爺《じい》、心配せずにやすみな

さい」

寂しく主膳にわらってみせて、美保姫は静かに立ち上がる。

「おやすみなさいませ」

主膳は両手をつかえて、老いの目をしばたたいていたようだ。

箱根を越えて

小扇はなんだか夢を見ているような気持ちで、さっきの若侍二人に本陣の裏木戸まで送られてきた。

「気をつけて帰れ」

若侍たちはすっかりやさしくなっていた。

「ありがとう。お姫さまによろしく」

小扇も自然にそんな言葉が出る。

矢太郎からの口手紙は、楓がなわをといてくれる時、如才《じょさい》なく伝えておいた。

「お若のほうの文《ふみ》はうそだ。お銀にそういってくれ」

それがどんな意味か小扇にはわからないけれど、楓は小さな声で、

「わかりました」

と返事をしていた。そして、なわがとけてしまうと、

「小扇さん、木戸まで送ってあげたいけれど、楓は奥に御用がございます。ここで堪忍《かんにん》してくださいね」

と、申し訳なさそうにあいさつをして、いそいで廊下からあがっていってしまった。姫君のことが心配になったに違いない。

――あのお姫さま、本当に自害する気かしら。

小扇もまたそれが気になる。

なんだかとても気の毒なお姫さまのようだ。自分は矢太さんと夫婦になりたいのに、あの十三郎といういやなやつが、江戸の老臣どもとぐるになって、無理によそから養子を押しつけようとしているらしい。それも将軍の子で、老中が仲人だという。

それを、姫はいやだ、十万石なんかつぶれても、あたしは矢太さんといっしょになるんだ、どうしてもあたしを江戸へつれていきたければ、死骸《しがい》を持っていけ

とがんばっている。

――なんて気性のしっかりした、立派なお姫さまなんだろう。

小扇はつくづく感心しながら、あ、いけないと思った。お姫さまはあたしの恋敵《こいがたき》じゃないかと気がついたが、あんまり身分が違いすぎて、今はそれがどうしてもぴんとこないのだ。いや、なんだかお姫さまがかわいそうにさえなってくる。

「あねご、どうした」

さっきの塀《へい》の角までくると、ぽんとうしろから肩をたたかれた。大山波之助である。

「ああ、山さん――」

「だいぶぼんやりしているようじゃないか」

「山さん、大変だわ。ことによると、お姫さま、今夜自害するかもしれない」

「そうだなあ、たぶん大丈夫だろう」

大山が変なことをいう。

「大丈夫って、あんた今夜の騒動知ってるの」

「うむ、知っている。わが藩のことで、あねごにもしものことがあっては申し訳ないから、わしもすぐ後からあの庭へ忍びこんでいたんだ」

「なあんだ」

小扇は目をみはって、

「じゃ、山さん、もしあたしが十三郎ってやつに切られそうだったら、あんたあたしを助けてくれるつもりだったの」

と聞いてみずにはいられない。

「助けるか、切り死にになるか、あねご一人は冥土《めいど》へやらんさ。山さんも男だからな」

さばさばと言ってのける波之助だ。

「あたし、山さんを見直しちまったなあ」

小扇はじいんと胸が熱くなってくる。

「あねご、変な気は起こしっこなしだぜ。これから二人きりで旅寝を重ねなくちゃならん仲だし、おれたちは、矢太さんにしろ、武さんにしろ、どうせ姫君といっしょに命を捨てることになるかもしれないんだからな」

冗談ともまじめともつかぬ大山の口ぶりだ。

「なあんだ、がっかりさせるのね」

小扇も冗談のようにうけて、

「じゃ、お姫さま、やっぱり自害なんですか」

と、これだけは本気にならずにはいられない。

「うむ、ことによるとそんなことになるかもしれん。しかし、立派なお覚悟だ。決してむだ死にはならん」

「なにいってんのよ。あんな立派なお姫さまを殺しちまったら、それこそあんたたち能なしで、意気地のない家来だわ。男なら、もっとしっかりしたらどうなのさ」

小扇は躍起《やっき》になって、思わずどすんと大山の背中を一つどやしつけていた。

翌朝、姫君の行列が定刻よりは少しおくれたが無事に明石を立って江戸へ向ったのは、立花十三郎が神尾主膳を中に立てて美保姫に昨夜の失言をわび、

「この度の御出府は、はじめに申し上げたとおり、御台《みだい》様に武芸をごらんに入れるため――」

と、改めて誓約したからであった。

その日の泊まりは明石から七里あまりの瓦町《かわらまち》で、例によって夕食の後、明日の道中の打ち合わせに十三郎の部屋をたずねた笹岡は、

「立花さま、よく堪忍《かんにん》あそばしましたこと」

と、年上だけに、なだめるようにきげんを取っていた。

「あきれたお姫さ、家来なんかと散々ちちくりあっておきながら、自害で人をおどかそうというんだからな」

十三郎は苦笑する。

「あのお方は相当のじゃじゃ馬なのですから、なるべくおかまいにならないほうが穏便《おんびん》です」

「うむ、懲《こ》りた。おかまいになるのはこのお中老さまだけにしておこう」

「あんなことを――。あたくしもお捨てあそばすと、自害しますぞえ」

旅寝の前の一時を、ここでは打ち合わせに名を借りて、だれに遠慮気がねもなくほしいままにちちくりあい、その後の十三郎は自分でいうごとく、中老かじりだけに余念なく見えたが、無論そんなことでこの道中が無事にすむとは、だれも考えてはいなかった。

夜ごとの姫君の寝所の警固は相かわらず厳重で、これは国もとの刺客《せっかく》に備えるというだけではなく、いつ相良矢太郎の一味が姫君を略奪にくるかもしれぬという危険が明らかになった上に、もう一歩突っこんでいえば、ことによると美保姫が自分から江戸へ着く前に行列を脱出するかもしれぬという不安が、だれの胸にも濃厚になってきたからだ。

「笹岡、それだけは十分注意していてくれ、肝心の玉に逃げられてしまっては、元も子もなくなるからな」

十三郎もこれだけはきびしく笹岡にいいつけてある。

「心得てはいますが、万一ということがあります。お家のためには替えられませんから、いっそ相良さまのほうをなんとかできないものですか」

毎晩のことだから笹岡も次第に気苦労になってきて、ついそんなすごいことを口にしたくなる。それに、国もとの刺客のほうか、あるいは矢太郎一味の者か、行列が東海道へ入ってからも、ほとんど毎夜のように怪《あや》しい者が本陣のまわりをうろついていたという報告が絶えないのだ。

「まあ待て、お局《つぼね》さま。矢太郎一味をなんとかするぐらいは朝飯前の仕事だが、そのお家の毒をやがて薬に使う時が、きっとくるんだ。毎晩こんなことをしていれば、いつかはきっとお中老さまのおなかが大きくなる時がくるようにな」

「ああ、そのこと――。江戸へ着いたら、立花さま、きっとあたしを宿へ迎えてくれましょうな」

「はて、気の早い。もう怪しいか」

「それはわかりませぬ。身におぼえのあることを重ねてきたのですもの」

さすがにほおが赤くなってくる笹岡だ。

そんな心配はあっても、笹岡には人目を忍ぶたのしい旅寝が重なって、いつか箱根を越えると、江戸へはもう三日路だった。

翌日は藤沢泊まり。

そして、明日川崎へ一泊すれば、もうこの道中は終わりになるのである。

楓は気が気ではなくなってきた。泊まり泊まりの警戒が厳重だからどうしようもなかったろうが、江戸へ入る前に矢太郎がなんとか工夫をしてくれなくては、姫君は無論、自害の覚悟でいる。

ちゃんとその覚悟がきまっているからこそ、明石で十三郎を向こうにまわしてあれだけのことが言えたので、姫君の自害はただ好きな矢太郎といっしょになれないからというのではなく、お家のために身をもって将軍家の押しつけ養子をこばむ、そういう痛烈な決心があるからだ。

——一体、相良さまや三之丞さまは、なにを考えているのだろう。

明石でのことがあってからは、供の目がみんな自分にあつまっているので、うっかり庭へ忍んで出ることさえできなかった。

矢太郎のほうでも、その後二、三回だれかが裏口へ忍んできたようだが、その度に警固の者に騒がれて、それっきり本陣へは近づかなくなったようだ。

しかし、矢太郎組がずっと行列について歩いていることは、中村銀次郎の時々の知らせでわかっている。

銀次郎は時折、夕食後、ふらりと町へ出て、その度に矢太郎組と何か連絡を取っているらしい。

無論、これとて敵の目がきびしく光っているから、大坂で一度、宮《みや》で一度、浜松で一度、いちばん近くでは駿府《すんぷ》が終わりで、数えてみるとちょうど四回、その度に銀次郎は、

「一同無事、よろしく」

と、行きずりにささやいてくれるだけだった。

それをまた楓が折を見て、

「一同無事だそうでございます。御安心あそばすように」

と、姫君にささやく。

うなずいて、にっこりされる時の姫君の顔は、世にもうれしげで、楓にはかえってそれがおいたわしいとさえ思えた。

箱根を越えてからは、唖姫さまが楓にさえ口をきかなくなり、うっとりと夢を見ているような目をしている時が多い。

「矢太郎、もう心配しなくてもいいのですよ。来世というものがありますからね」

姫君はそんな時、きっと胸の中の矢太郎にそう話しかけているに違いない。

今夜も食後の一時、笹岡は道中奉行の部屋へ打ち合わせに行っていた。このごろではもうそれが当然なことのように、少しも悪びれた顔ひとつせず、

「明日のお打ち合わせをいたしてまいります」

と姫君にあいさつをして、なにかいそいそと御前をさがっていくのだ。

そういえば、化粧の濃い顔にも姿にも、三十女のみずみずしさが目立ってきたのも、不義とはこうも体まで女を変えるものかと、楓には妙に空恐ろしくさえなる。

姫君は姫君で、行儀よく伏し目勝ちに座りながら、またうっとりと夢を見ているようだ。魂はもう矢太郎のところへ行っているに違いない。

――こんなお姿も、今夜と明日の晩だけ。

そう思うと、楓は居ても立ってもいられなくなってきた。

いまさら気休めなどをいったところで相手にしてくれる姫君ではない。いっそ

思いきって裏木戸へ出てみよう。見とがめられたら、お稲荷《いなり》さまへ行くのだとしらを切るまでのこと。こっちがこんなに心配しているのだから、向こうはもっと気をもんでいるはずだ。きっと、だれか忍んできているに違いない。

そう気がついたので、楓は黙って立ち上がった。

江戸への書状

廊下へ出て、素早く庭下駄はとさがしていると、

「お下駄でございますか」

つと庭木のかげから宿の女が出てきて、声をかけた。

それでなくてさえ、宿直《とのい》の腰元たちに知れないようにと気をつかっているところだから、

「いいえ、いいのです」

思わず楓がどきりとしていると、

「これ、中村さまから」

女中は小声でいって、結び文《ぶみ》のようなものを手に握らせ、

「ああ、お庭ではなかったのですか。失礼いたしました」

と、ていねいにわびながら、さっさと縁先を離れていく。

「楓さま、どうかなさいましたか」

はたして、腰元が一人、声を聞きつけて、もう障子をあけて出てきた。毎晩のようなくせ者騒ぎに、みんな神経が立っているのである。

「どうもしませぬ。雨戸をしめようかと思ったのです」

「それなら、わたくしがいたします」

その場はうまくつくろって、雨戸をしめるのを手伝いながら、中村銀次郎からの手紙、なにを知らせてくれたのだろうと、しきりに胸がどきどきする。

座敷へもどって、そっとひらいてみると、

「――明、川崎泊まり。四ツ半（十一時）裏口へ姫君をお連れせよ。多少無理にても決行すべし」

署名は矢と一字あるだけだが、無論、相良矢太郎から銀次郎の手にわたり、銀次郎がいまの女中にたのんで届けてきたのだろう。

「お姫さま――」

楓はいよいよ来たと思い、落ち着かなくてはと思ったが、かっと体中が熱くなってきて、姫君に手紙をわたす手がなんとなくふるえていた。

「矢太郎からですね」

読み終わった姫君は、夢からさめたようにさっと目を輝かせたが、もう一度よく読んで、小さく折ってから、それを火ばちにくべる。紙はめらめらと燃えて火になりながら、たちまち白い煙が立ちのぼる。

「凶か吉か――」

祈るように、姫君はじっとその煙の行方を見あげている。

そのころ――。

中村銀次郎は立花十三郎から、江戸家老平松小十郎にあてた至急の文箱《ふばこ》を託されて、藤沢の宿を出外れようとしていた。

「銀次郎、明後日はいよいよ江戸だ。すまんが、明日中にこれが御家老の手に入るように、江戸へ急行してくれ。返事はいらん」

十三郎はさも大事を託するんだぞという顔をして、文箱をわたしていた。

「密書かね」

銀次郎はわざと聞いてみた。

「うむ、それに似たものだ。しっかりたのむ」

「心得た」

神妙に引きうけて、すぐに本陣を立ってきたが、この使いは臭いと銀次郎ははじめからにらんでいた。決して目立たぬようにはしているが、自分が矢太郎と親しいことはちゃんと知っているはずの十三郎だ。

それが自分に大切な密書など託すはずはない。

――おれがじゃまになるから、先へ江戸へ追いかえす気か。それとも、密書だといえば矢太郎と内通するのを見こして、おれにひもでもつけてあるか。

いずれにしても、十三郎は、今夜から明日の晩にかけて、なにかたくらんでいる。

一体、矢太郎はどんな策を持っているのか、これも今夜から明日の晩にかけて、適当な手段を講じないと、江戸へ入ってからでは仕事がしにくくなる。

――焦《あせ》っちゃいるんだろうけれどな。

へたをすると姫君自害という悲劇が迫っているだけに、銀次郎も気が気ではなかった。

そして、町外れに近くなるころから、銀次郎は自分に尾行らしいやつがついていることに気がついていた。

いや、それはことによると毎晩本陣を遠くから見張っている矢太郎組のだれかかもしれないのである。

銀次郎は、向こうから声をかけてくるまでわざと知らん顔をして、振り向きもせず道をいそいでいた。空には十日ばかりの月が明るい。

やがて、人足のとだえた千本松原へかかろうとすると、はたして尾行の足が早くなり、ひたひたとうしろへ追いすがってきた。

「銀さん、――銀さん」

武村三之丞の声だ。

「なんだ、やっぱり武さんか」

銀次郎は立ち止まって、

「わしにひもはついてなかったようかね」

と、用心深く遠くへ目をやる。

「大丈夫だ。それだけはよく気をつけてから、後をつけ出したんだから。――どこへ行くんだね」

「江戸へ行くんだ、立花の御用でね」

「江戸へ――?」

　武村の目が妙に光り出す。

「矢太さんは一体なにをしているんだね。もう今夜と明日一晩きりだぜ」

「立花の用って、江戸のだれかへ手紙でも持っていくのかね」

「うむ、平松小十郎さまのところへ密書をとどける役だ」

「そうか。銀さん、実は我々はそれを待っていたんだ」

「へえ、それはまたどういうわけだね」

「矢太さんの考えでは、道中、十三郎が国もとの刺客《せっかく》だの、こっちのくせ者だのを勝手にこしらえて、泊まり泊まりの警戒を厳重にしているのは、いつか自分の手で姫君をさらって斉邦さま方へ引き渡し、その罪を若殿か矢太さんに負わせようという腹だからだ。こっちは敵のその策動に乗じて仕事をするほかはないというんで、今日まで自重してきたんだ。貴公が江戸へ持っていく十三郎の手紙というのは、きっとその打ち合わせに違いあるまい」

「さあ、それはどうかなあ」

「とにかく、銀さん、相良に一度会っていってくれ。手間は取らせぬ」

「よし、行こう」

銀次郎としても、矢太郎の腹をよく聞いておかぬと、安心して江戸へ立ちかねるのだ、いや、場合によって十三郎の使者などやめてしまってもいいのである。

矢太郎は宿外れに近い安旅籠《やすはたご》の二階で、大山といっしょに休養を取っていた。連日の旅疲れに加えて、毎晩交替で宵《よい》から九ツ（十二時）まで姫君の宿泊所を外から見張って人の出入りに注意してきた。さすがに旅やつれが目立ってきたようである。

物好きな小扇は、明石以来矢太郎を亭主にしようという執念はきれいに捨てたようだが、そのかわり、きっと姫君を矢太さんに添わせてみせるんだと力み出して、いまだに矢太郎のそばを離れようとしない。

「けど、いい面《つら》の皮だな、矢太さんはどんなに苦労したって、うまくいけばあんなきれいなお美保といっしょになれるんだし、武さんには楓さんというひとがあるからまあいいけれど、山さんだけはお気の毒みたいなもんね」

小扇は今夜も大山の顔を見て、しみじみと同情した。それはまた、自分にいい聞かせている言葉でもあるのかもしれない。

「ありがとう。そういってくれるのは、あねご一人だ。どうだ、あねご、いっそおれといい仲になろうか」

　波之助はいつも小扇のいい言葉敵《がたき》だ。

「ふうんだ。明石ではせっかく二人きりの泊まりだったのに、あんた手を出そうともしなかったじゃないか」

「それがね、あの時は、いま手を出そうか、こんどこそ足を出そうかと考えているうちに、疲れていたもんだから、つい眠ってしまったんだ。まったく惜《お》しいことをしたよ」

「なら、今からだっておそくはありませんよ」

「いや、今からじゃもうおそすぎる」

「どうしてさ」

「わかってるじゃないか」

　大山はにこりとしてみせてから、

「矢太さん、今夜もだめ、明日の晩もこっちの思うつぼにはまらない、その時の覚悟はついているんだろうな」

　と、急にまじめな顔になる。

「うむ、それはある」

矢太郎は少しも焦ってはいないようだ。

「そうか、それならいい」

大山はじっと矢太郎の目を見かえしながら、

「しかし、矢太さん、我々を出しぬいちゃいかんぜ」

と、おだやかに念を押しておいた。

姫君の覚悟はすでにきまっている。万策尽きた場合は、その姫君の寝所の前の庭で切り死にしても事は足りるのだと見ている大山だ。

「あたしだって出しぬかれちゃ困りますよ、矢太さん」

よくはわからないが、小扇もいまさら仲間外れにされちゃつまらないという顔つきだ。

「わかっているとも。あねごは、ぜひ、おれがいっしょに連れていく」

「どこへ行くのさ、山さん」

「裏の畑へだよ」

「なにしに裏の畑へ行くの」

「きまってるじゃないか、手を出しにさ」

「ばからしい、かぼちゃの芽じゃあるまいし」

ぷっと小扇がふくれた時、武村が銀次郎をつれて座敷へあらわれたのだった。

「やあ、中村じゃないか」

矢太郎が目をみはって座り直す。

「矢太さん、中村は十三郎の手紙を持って江戸へ急行するというんで、いっしょにきてもらったんだ」

「ふうむ、あて名は――？」

「平松小十郎、江戸家老だ」

銀次郎はあっさり答えて、矢太郎の顔を見ている。

「明日の朝までに届けるのかね」

「いや、明日中に手に入れてくれとたのまれたんだ」

「明日中にね」

矢太郎はちょっと考えている。

「銀さんを敬遠したところを見ると、いよいよ今夜か、明日の晩か、たぶん明日の晩だろうな」

「じゃ、この手紙は見る必要はないか、矢太さん」

「ないと思う。もし重大なものなら、明日の朝までに届けろというはずだ」

「いよいよ明日の晩と見たのは？」

「江戸へひとまたぎだからな。それに、ただ連れ出したのでは、死骸《しがい》になるおそれのある人だ。納得ずく、つまりわしの名を使ってなにか細工をしなければならない。おそらく、貴公の手から今夜中に、わしの偽《にせ》手紙があの人の手に入ることになっているんだろう。貴公がいては偽手紙がばれるから、使者に出されたんだ」

「そうか、――よし」

銀次郎はふろしき包みにしてきた文箱を取り出し、十三郎の封印を切って、中から書状を出してひろげた。

はたして、小十郎あての書状は、時候のあいさつをのべ、明後日無事役目果たして江戸へ参着、御同様大慶至極《たいけいしごく》に御座候という簡単なものだ。

しいていえば、御同様大慶至極に御座候という一節に、うまくいきそうですから安心して待っていてくださいと、悪人同士ほくそえんでいるのが見えるような気がする。

「当たったよ、矢太さん」

銀次郎はにっこりして、書状を矢太郎にわたした。

「ありがとう。この書状で万事決定だ」

矢太郎は心から銀次郎の友情に感謝しながら、書状を大山にまわす。

「で、こっちの手段は——？」

改めて銀次郎が切り出す。文箱の封印を切った以上、彼はもう江戸へは行けないのだ。

「矢太さん、姫君の手に今夜入るという矢太さんの偽手紙にはどう書いてあるか、およそ想像がつくかね」

大山がまだ半信半疑の顔で、そばから矢太郎に聞いた。

迎えの駕籠《かご》

美保姫にとっては、いよいよこの道中最後の川崎泊まりの夜がきた。

「楓、今夜四ツ半（十一時）ですね」

中老笹岡が例によって明日の打ち合わせに十三郎の座敷へ出向いた留守、姫君はさすがに緊張した顔色で楓にささやいた。

「はい」

楓は今から胸がどきどきして、どうにも落ち着けない。いつものとおりだと、今夜もこの寝所には笹岡がいっしょに寝るだろうし、次の間には腰元が二人ずつ寝ず番をしている。それらに気づかれないように、どうしたら雨戸をあけて庭へ忍び出ることができるだろう。しかも、庭には絶えず夜番の若侍たちの目が光っているのだ。

「お姫さま、大丈夫でございましょうか」

楓はついに弱音を口に出さずにはいられなかった。

「大丈夫かとは、なにがです」

「人に気づかれないように寝所が抜け出られますかどうか、楓は今からそれが心配でたまりません」

「そうですね」

姫君はしばらく思案してから、

「楓、矢太郎の昨日の文《ふみ》には、多少無理をしてもとありましたね」

と、静かに顔をあげる。

「はい」

「無理をしなければ、ここは出られぬかもしれませぬ。姫は覚悟しています」

「と仰《おお》せられますと？」

「自害は国を立つ時からの覚悟です。今夜はそのつもりで、なんとかして裏口まで出てみましょう。後は矢太郎がきっといいようにしてくれます。もし、どうしても裏口まで出ていけなければ、それまでの命だったとあきらめるほかありません」

あっと楓は目をみはらずにはいられなかった。姫君は闘いを覚悟していられるのだ。しかも、その闘いに命をかけている。

無理もない。今夜失敗すれば、生きて二度と矢太郎に会う希望は持てない姫君だった。

「よくわかりました。楓もその覚悟でお供いたします」

「そなたには気の毒ですね」

「いいえ、お姫さま。相良さまにも必ずおなじお覚悟があると存じますから、なんとかして裏口まで行けばよろしいのですもの」

命を捨てる決心がつけば、もうなにも恐れることはない。後は天命を待つまでのことだ。

「楓、今夜やすむ時は、そなたの着替えを貸してください」

「かしこまりました」

「それから、頭巾《ずきん》をかぶりましょう」

なにからなにまで、よく気のつく姫君である。

「おなじ姿になるのでございますね」

「今夜から美保はもう姫君ではなくなるのです。楓、一つだけ約束してくださ
い」

「なんでございましょう」

「たとえ途中で美保がつかまっても、行けたらそなた一人裏口まで行って、矢太
郎に会ってください。そして、一言、美保はお姫さまでなく、矢太郎の妻として、
立派に自害したと伝えてください」

姫君の美しい顔に恥じらうような寂しい微笑がただよう。

「わたくし、お受けしたくございませんけれど、できましたら、そういたします」

微笑をかえしながら、楓は思わず涙があふれてくる。

そして、その夜もついにまくらにつく時刻がきた。

楓はいつものとおりびょうぶのかげで姫君が寝巻きに着替える手伝いをしたが、

それは昨夜までの白羽二重《しろはぶたえ》ではなく、楓が約束どおり用意しておいた紫矢がすりであった。

「おやすみあそばせ」

目と目で合図をかわして、自分の寝床へさがり、笹岡とまくらをならべて横になったが、さすがに胸苦しくて、ともすればため息が出そうになる。

それを必死に息をころして、気取られないようにじっと辛抱しているうちに、やがて四ツの鐘を聞いた。幸い、笹岡はさっきから安らかな寝息を立てているし、家の中もひっそりと寝しずまってきた。次の間の腰元二人は、寝ず番といっても、長旅の疲れがあるから、たいていは行儀よく居眠りをしているのが例だ。気になるのは、時折、庭をまわってくる夜番の足音だけである。

――相良さまはもう裏口へ忍んできているのではないかしら。

矢太郎がきているとすれば、無論、今夜は恋しい三之丞もいっしょのはずである。うまく裏口まで人目につかずに出ていけさえすれば、後は万事、男たちのほうにちゃんと計画があるに違いない。

もう出ていってもいい時刻ではないかしら、お姫さまはなにをしているだろうと、そっちの気配を待ちかねていると、

「くせ者だ、出あえ」

折も折、ふいに庭で叫ぶ声がして、ばたばたと足音が中庭のほうへ入り乱れて走り出す。

——しまった。

楓はぎょっと色を失いながら起き上がった。この道中、くせ者騒ぎには慣れているが、ことによると、今夜のくせ者は、矢太郎組がこっちの出ていきようがおそくなったので、うっかり庭先まで様子を見にきて、夜番の者に見つかったのかもしれないという心配がある。

「くせ者のようですね」

目ざとく起きあがった笹岡は、もう掻取《かいど》りを着て、じっと庭へ耳を澄ましている。

「待てっ、おのれ」

「くせ者だ。そっちへ逃げたぞ」

警固の若侍たちは、みんな中庭へ駆けていくようだ。

「今夜は少し様子が違うようですね」

「はい」

「ちょっと見てまいりますから、持ち場を放れてはいけません」

笹岡は掻取りさばきもあざやかに、すっと廊下へ出て、雨戸を一枚あけた。

「笹岡どの、――笹岡どの」

廊下の杉戸の向こうで、十三郎の声が叫ぶ。

「はい、ただいま――」

笹岡は雨戸をしめて、そっちへ小走りに行く足音がする。

――もうだめだ、こう人が騒ぎ出してしまっては、とても抜け出すわけにはいかぬと、楓がぼうぜんとしていると、びょうぶのかげから、腰元姿の姫君がつかつかと出てきた。ちゃんと頭巾までかぶっている。

「あっ」

危うく声を立てようとするのを、姫君はいそいで目で制して、そのまま廊下へ滑り出る。

「楓さまでございますか」

次の間の腰元の一人が聞く。

「そうです。持ち場を立ってはいけません」

いそいでいいつけておいて、さっき笹岡がしたように、手早く雨戸を一枚あける。早鐘のような胸の動悸《どうき》だ。

その間に、姫君は少しもためらわず、ひらりと足袋《たび》はだしのまま庭へ飛びおりる。

——そうだ、命がけのはずだったのに。

楓は少しでもためらった自分が恥ずかしい。すぐに姫君につづきながら、用意の頭巾をかぶり、中庭とは反対の裏庭のほうへ走った。

十一日の月が人目を忍ぶ者には明るすぎる感じだが、警固の者はみんなくせ者のほうへ集まっているとみえて、幸いこっちはすっかり留守になっているようだ。

夢中で植え込みを走りぬけて、夕方ここへ着くとすぐ見ておいた裏木戸へ飛びつき、どうやらうまくいった。案ずるより産むがやすいとはこのことかと、わくわくしながら掛け金を外し、そっと木戸をあけてみると、一丁の乗り物がそこにおりていて、覆面《ふくめん》をした侍が三人こっちを待っている。

中の一人がつかつかとこっちへ寄ってきたので、

「相良さまですか」

と声をかけると、口をきくなと自分の口のあたりを指で押さえてみせて、うしろに立っている姫君のほうへていねいにおじぎをする。

「矢太郎ですね」

はずむような姫君の声音《こわね》だった。

「お早く――」

うなずいて、手を取らんばかりにしながら駕籠にのせる。

屈強な六尺がもうそれを担ぎあげて、それっと裏道づたいに六郷川《ろくごうがわ》のほうへ走りかけた時、あけっ放しの木戸口から、

「やっ、怪《あや》しいやつ、待てっ」

「くせ者だ、一同出あえ」

ふいにばらばらっと警固の若侍が二、三人飛び出してきた。

「しまった」

矢太郎は舌うちして、抜刀《ばっとう》するなりそっちへ躍りかかっていく。

その間に、駕籠はかまわず一散に走り出す。楓も駕籠について走り出したが、

「待てっ、くせ者」

早くも追いすがってきた一人が、背後からさっと切りかかる。女の足ではもう到底逃げきれそうもない。失敗した時はない命と、はじめから覚悟はきまっている。

――お姫さま、どうぞ御無事で。

楓はとっさに切り死にと腹をすえて、踏みとまりながら懐剣を抜いた。せめて、姫君さえ無事に落ちのびてくれれば、なにも思い残すことはないと思う。

とっさの知恵

駕籠《かご》の中で、くせ者という声を聞いた時は、姫君ももうだめかと覚悟をきめた。が、駕籠はそのまま走りつづけて、次第に乱闘の物音から遠ざかっていくようだ。

前にも、うしろにも、ひたひたひたひたという供の者の軽いわらじの音が耳につく。

「楓はいますか」

しばらく走ってから、美保姫はそっと外へ聞いてみた。が、外からはなんの返事もない。

「矢太郎、――矢太郎」

もう一度呼んでみたが、声が小さくて外へは聞こえないのか、それともまだ口をきいては悪い必死の場合なのか、これも返事がなかった。

——ことによると、矢太郎も楓も追っ手をふせいでいるのではあるまいか。

美保姫はなんとなく不安になってきた。

しかし、一同の者が自分のために必死に働いてくれるのに、身勝手なわがままはいえぬ。口をきいていい時がくれば、きっと供の者のほうから様子を知らせてくれるだろうと考えたので、それっきり、しばらく待ってみることにした。

ひたっ、ひたっ、ひたっと駕籠は走りつづける。だれも口はきかない。

矢太郎がそばにいれば、なにか一言ぐらい声をかけてくれるはずである。楓はどうしたろう。二人ともそばにいないところを見ると、やっぱり残って追っ手をふせいでいるのだ。事態は決して安心というわけにはいかないのかもしれぬ。

あれこれと思い迷っているうちに、駕籠は堤を一つ越して、六郷の河原へおりたようだ。まもなく目的地へ着いたらしく、とんと駕籠が地へおりる。

「お着きになりました」

覆面《ふくめん》の一人がうやうやしくひざまずいて、とびらをあけてくれる。

「ここはどこです」

「はっ、六郷の渡しの川役所でございます」

なにげなく駕籠をおり立った美保姫は、あっと目をみはった。

声を聞きつけたらしく、川役所の腰高障子があいて、つかつかと土間から出てきたのは、金紋打った陣笠《じんがさ》をかむり、打割《ぶっさ》き羽織、馬乗り袴《ばかま》といういでたちの白面の貴公子で、紋どころはたしかに葵《あおい》である。

——斉邦さまに違いない。

唖然《あぜん》としているうちに、おなじような乗馬姿の家来が十人ばかり後からつづいて、さっと左右にひらき、そこへひざまずく。駕籠についてきた供の者は五人、それと見るよりいずれも覆面を取って、これは姫君の退路をふさぐように控える。

——計られたのだ。

矢太郎の迎えだとばかり思いこんでいたのに、そういえばよくだれの目にもつかず寝所から裏口までぬけ出されたものとふしぎだったのがいまさらのように思い出される。いや、昨夜の矢太郎の文《ふみ》からして、十三郎と気脈を通じた偽《にせ》手紙だったということになりそうだ。

「その方《ほう》は津山の美保姫であるな」

貴公子はいわゆる坊ちゃん育ちの怖いもの知らずで、加うるに性短慮というほうらしく、いきなりせかせかと自分から声をかけてきた。

美保姫はわざとまだ頭巾《ずきん》も取らず、黙って貴公子の顔を見つめている。

「びっくりしているようだな。予は斉邦だ。姫が悪い家来にねらわれて江戸へ入る前に命があぶないかもしれぬとあまり十三郎が心痛いたすゆえ、予が一計を授《さず》けて自身ここまで出むき、姫を救出してつかわしたのだ。もうなにも心配するにはおよばぬぞ」

いかにも得意そうな斉邦である。そんなことを軽々しく自分で口にするようでは、ひょっとしてこの場はうまくのがれられるかもしれない。ふっとそう思いついた美保姫は、

「いいえ、それは違います」

と、急にそこへひざまずいた。

「なんと申す」

「わたくしは姫君ではございません。腰元の楓と申します。もしものことがあってはと、用心のためおなじ身なりをして、さっきは楓が姫君のお身がわりに、お迎えのお駕籠に乗りました。本当の姫君は、まもなく本陣の裏で追っ手に見つかり、御家来の方々と闘っております。早く助けに行ってくださいませ」

「なにっ、しかとそれに相違ないか」

果たして、斉邦の顔色が変わったようだ。

「はい、わたくしは腰元の楓に相違ございません」

「これ、その方どもはなにをうろたえたのか」

そうしかられてみても、供の者は美保姫の顔を知らないのだから返事のしようがなかったのだろう。

「はっ、手前どもはお駕籠にお乗りになりましたほうが姫君と存じまして、つい――」

「たわけめ、なんで二人ともいっしょにつれてまいらなかったのか」

「お言葉ではございますが、腰元のほうは念のために残すようにと――」

「黙れ黙れっ。肝心の姫を残してきてなんになるのか。これから直《ただ》ちに本陣へまいる。一同、駕籠を持って予につづけ」

斉邦は向かっ腹を立てながら、もうどんどん堤のほうへ歩き出す。

「殿、この腰元はいかが計らいましょう」

家来の一人があわてて聞いた。

「それは予がもどるまで川役所へあずけておけ」

腰元などは眼中にない斉邦なのだ。

　家来たちも、日ごろ一度言い出したら後へ引かない若い主人の気性をよく承知しているから、なんとなく顔を見あわせながらも、みんな黙って主人についていく。

「だれも残らなくていいのかなあ」

　なまじ腰元の始末を聞いたさっきの家来は、当惑したように主人の一行を見送っている。

「いいえ、わたくしが悪いのでございますから、一人でお待ちしております」

　美保姫は、わざと悄然《しょうぜん》と立ち上がってみせた。

「さようか。しかし、女を一人で残しておくというわけにもいくまい。ともかくも、拙者《せっしゃ》はここへ残ってみることにしよう」

「はい」

　おとなしくは答えたが、その親切はありがた迷惑な美保姫だ。斉邦主従の姿は、すでに土手の向こうに消えている。逃げるなら今のうちなのである。

　逃げてどうなるなどと、先のことは考えられなかった。ただこのわなを一刻も早くのがれたい一心だった。

「どうも妙なことになったものですな」

その男が月あかりにはじめて頭巾の中の姫君の美貌《びぼう》に気がついて、はてなというように、ひそかに目をみはったとたん、

「えいっ」

美保姫の右のこぶしが必死に相手のみぞおちをねらっていた。たとえお姫さま芸でも、そこは子供のころから毎日竹刀《しない》を振りまわしてきた腕だから、まったくふいをくらった敵は、

「ううっ」

たわいもなくがくんと体を二つに折って、そこへ両ひざを突く。

「お見事――」

それと見て、川役所のかげから声をかけて、つかつかと月の中へ出てきた者がある。

「あっ、矢太郎――」

あまりにも思いがけなかったので、美保姫は我にもなくその胸の中へすがりついていきながら、

「矢太郎、――矢太郎ですね。うれしい」

張りつめていた気がゆるんだのか、急にくらくらとめまいがしてきた。

「しっかり、――しっかりなさらなければいけません」

がっしりと姫君の体を胸へ抱きとめた矢太郎は、びっくりしてその耳もとへ叫んだ。

「いいえ、もう大丈夫です。ただ少しめまいがしただけです」

「歩けますか」

「歩けます」

「敵が引きかえしてくると、無用の血を流さなくてはなりません。いそぎましょう」

「はい」

矢太郎は姫君の手を取って川役所の横をぬけ、河原の道を川上のほうへ歩き出した。

川役所の裏に待っていた中村銀次郎、大山波之助、武村三之丞の三人が、黙って姫君のほうへ目礼して、そのまま後へつづく。

「矢太郎、――矢太郎ですね」

やっと人心地がついてきた美保姫は、もう一度たしかめるように矢太郎の顔を見る。

「矢太郎です。御安心ください」

「よくまいってくれました」

「姫君の機知《きち》で救われたのです。六郷ははじめから我々のねらっていた地の利なんですが、あの姫君のとっさの機知がなければ、あるいは切り死にだったかもしれません」

「そんな恐ろしいことをいってはいや——、せっかくこうして会えたばかりですのに」

河原の小道は、まもなく深いあしの中へ入っていく。

武夫《もののふ》の門出

「相談がある」

土手から見とおしのきかないあしの中の空き地へきた時、矢太郎は立ち止まって、後につづく三人のほうを向いた。

三人はまず、矢太郎と並んで立った姫君のほうへ恭《うやうや》しく会釈《えしやく》をした。

「一同御苦労です」

美保姫は頭巾《ずきん》のまま心から会釈をかえす。

「姫君、しばらくここでお休みください」

矢太郎は流木へ手ぬぐいを敷いて姫君を掛けさせ、男たちはその前へ輪を作って腰をおろした。

「わしは見張りを引きうけよう」

三之丞だけが立ったまま土手のほうを向いた。いつ斉邦の一行が引きかえしてくるかもしれないからである。

六郷川をわたって、対岸から馬のいななきがひびいてきた。

「矢太郎、あれはなんです」

美保姫が不審そうに聞く。

「斉邦さまの一行は、馬で対岸まできて、そこに乗馬がつないであるのです」

「では、向こうにもまだ家来が残っているのですか」

「多少は残っているようです」

「すると、うかつにこの川はわたれませんね」

「そうなのです」

矢太郎はうなずいてみせてから、男たちのほうを向き、

「やっぱり、これははじめの計画どおり、この川をさかのぼって矢口《やぐち》の渡しへ出るほかはないと思うが、どうだろうな」

と相談した。

「それよりほかあるまい。たとえ敵の目をうまくくらまして川を越えても、大森へ道を取っては、敵は馬で追ってくるんだからな」

そう答えたのは銀次郎である。

「そこで、もう一つの相談は楓さんのことだ。十三郎が楓だけをつかまえたのは、姫君を誘い出したのは相良だと白状させるためだと思う。しかし、幸い斉邦侯はあまり賢明のたちではないから、あの様子だと必ず本陣へ乗りこむだろう。そこで、十三郎の小細工がいやでも一同に暴露する。わしは、それだけで事はすむ、姫君の機知《きち》でうまくいったと思ったのだが、よく考えてみると、楓を向こうへおいてきたのでは、拷問《ごうもん》にかけても矢太郎の仕業《しわざ》という口書きを無理に取られるおそれがあるんだ。矢太郎の仕業は、若殿の命令ということにこしらえられるだろ

う。十三郎がそれを老中の手にわたすと、老中はそれを枷《かせ》にして、この調書を不問にふするかわりに、斉邦侯を養子にせよと出てくる。波及するところ、主膳どのも、わしの父頼母《たのも》も、切腹のほかはない。いそぐから結論をいおう。これからわしが本陣へのりこんでいって、楓さんを助け出してくるほかに、お家をまもる道はない」

「そりゃいかん。楓さんを助け出す必要があるんなら、わしと武村とで行く」

波之助が顔色をかえて反対した。

「いや、貴公たちでは、失敗した時、犬死にのおそれがある。わしなら失敗しても犬死ににはならん。わかるだろう」

恋のためにお家を危うくしたといわれるのは武士の恥だし、自分さえ死ねば姫君との恋は不問にふしてもらえるだろう。しかし、逆に斉邦侯の軽挙が問題になって、押しつけ養子の件はさたやみとなり、万之助さまの家督が確立するのだ。口でいわなくても、そのくらいのことは通じる三人だから、今は返す言葉もない。

「矢太郎、そなたは死ぬ覚悟ですね」

美保姫がつと立ち上がった。

「いや、生きてもどれるかぎり、生きてもどります」

静かに立ちあがりながら、矢太郎が答える。

銀次郎と波之助が目くばせして立ち上がり、黙って川っぷちのほうへ、背丈を越すほどのあしをかきわけながら歩き出す。三之丞がそれにつづいた。

「美保はどうなるのです」

「矢太郎には叔母《おば》、あなたさまには幼い折の乳母浪江《なみえ》が、番町の旗本榊原靫負《さかきばらゆきえ》のもとへかたづいております。銀次郎らが必ずお供いたしますから、しばらくここへ身をかくして時節をお待ちください」

「そなたが死んで、美保に時節があると思うのですか」

姫君の冷たい手がそっと矢太郎の手を取って、つぶらな目から涙があふれてきた。

「姫君――」

「いいえ、もう美保と呼んでください。本陣をぬけてきた時から、美保はきれいに姫君を捨ててまいった覚悟ですのに、それがこんなことになろうとは、――矢太郎、美保は悲しい」

美保姫はたまりかねて、ひしと矢太郎にすがりつき、ほおをよせてむせび泣いた。

「お美保さま、最後の最後まで、生きぬいてください。天命があれば、矢太郎きっと生きてかえります。万一の場合は、最後の最後までお美保さまの心を胸に抱いて、来世を誓いながら――」

「矢太郎、もうなんにもいわないで――。美保はそなたの妻」

悲しいくちびるが、くちびるを求めて、涙にぬれる。

潤《うる》んだ月がしいんと明るく、二人きりの世界を銀色にそめて、むらがるあしがさやさやとそよ風に泣いていた。

「お美保さま、もう行きます」

時おくれては、すべてが水泡《すいほう》に帰して、破滅を招くのだ。矢太郎は姫の体を胸から引き離して、きっぱりと言った。

「名残惜《お》しいけれど――」

「わらってください、お美保さま」

「そんな無理を申したって」

「いやだ、わらってください。武夫の門出。お美保、わらえ」

つかんでいる肩を乱暴にゆすられて、

「まあ、矢太郎は。――ふ、ふ」

あきれたように、思わずわらい声が口をもれてしまった。

「これで本望です。失礼しました、姫君」

矢太郎はにっこりわらって、一足さがっておじぎをして、

「おうい、後をたのんだぞう」

川っぷちに鳴りをしずめている三人のほうへ一声かけてから、矢太郎はさっと土手のほうへ走り出した。

「まあ、矢太郎――。美保にあいさつもさせないで」

美保姫はぼうぜんと立ちつくしながら、いつまでも走り去る矢太郎の後ろ姿が、土手をのぼって、そして土手の向こうへ消えてしまうまで、じいっと目で追っていた。

その川っぷちのあしむらの中にもう一人、

――あっ、矢太郎さんが行っちまう、あたしに声ひとつかけないで。

と、名残を惜しんでいるのは、もし川をわたる時の用意にとつないである舟の番をさせられていた中村小扇であった。

対岸から、またしても馬のいななく声が、夜風にのって運ばれてくる。

ぶちこわし

　本陣では、姫君の寝所の廊下をあけ放し、庭先へうしろ手に縛《しば》った楓を引きすえて、立花十三郎が居丈高《いたけだか》に美保姫の行方を取り調べていた。

　十三郎の左右に、神尾主膳と中老笹岡がおもいおもいの顔つきで黙然と取り調べに立ち会っている。

「楓、すなおに口を割らぬと、拷問《ごうもん》にかけても白状させるぞ」

　十三郎は楓の口からただ一言、姫君を誘拐《ゆうかい》したのは相良矢太郎だと白状させれば、すべての筋書きが思うつぼにはまるのである。

　が、それはたとえ八つ裂《ざ》きにされても口にはできぬ楓なのだ。

「もう一度改めて聞く。その方《ほう》は、なんでこの夜更けに、寝所をぬけ出して、裏口まで姫君のお供をしたのか。言え」

「私は存じませぬ」

「知らぬことはあるまい。笹岡どのの話では、昨夜道中の打ち合わせがすんで、寝所へもどってみると、たしかに紙を焼いたにおいがしたと申しておる。察するに、何者からか密書がとどいて、今夜の脱出をしめしあわせてあったに違いない。姫君を誘い、姫君がその誘いに乗る。今夜のくせ者は、相良矢太郎一味のほかにないはずだ。姫君御自分から寝所をぬけ出されたとなれば、白状したからとて、その方の罪にはならぬ。公儀への申し訳をあきらかにするために、一応事実を取り調べるのだ。すなおに白状してはどうか」

こんどは、やさしくだましにかけてみる。

「私は、姫君さまが供をせよと申しましたからお供をいたしましたので、ほかのことはなんにも存じません」

「すると、姫君さまは御自分から裏口へまいると申されたのだな」

「はい」

「それを忠義なその方が納得してお供したのは、裏口へ相良矢太郎一味がお迎えにきている、言わず語らずのうちにそう察したから、黙ってお供をいたしたのだな」

「いいえ、姫君さまのお心は、わたくしにはわかりかねます」

「そんなはずはあるまい。姫君のお心の中は、明石の夜以来、その方もちゃんと心得ているはずだ。だから、黙ってお供する気になったのだろう」

「それを公儀へお届けして、申し訳になるのでございましょうか」

楓は逆襲したつもりだったが、

「それをとは、なんのことだ」

と問いかえされると、やっぱり矢太郎の名が口に出そうになる。はっとして、

「姫君さまのお心の中でございます」

と、あやうく言いのがれた。

「姫君のお心の中とは、なんのことか」

「わたくしにはわかりかねます」

「黙れ黙れっ、しぶといやつだ。かまわぬから打ちすえろ」

十三郎はとうとう業《ごう》を煮やして、どなり出した。

「はっ」

むちを持って控えていた若侍が、さすがにすぐには打ちかねるらしく、主膳の顔色をうかがう。

「待て、十三郎」

主膳がはじめて重い口をひらいた。

「なんでお止めになります」

「いまさら姫君の行方を聞き出したとて、公儀への申し訳にはならぬ。楓を責めてもむだだ。この責任は姫の後見役たる主膳がとるから、無用の拷問はやめなさい」

「すると、御老職は、今夜の姫君誘拐は相良矢太郎とおみとめになるのですな」

十三郎が念を押す。

「それをわしがみとめると、どうなるのか」

「無論、矢太郎とそれに一味した者は重罪、姫君はぜひ一日も早く取りもどさなくてはなりません」

「姫君は仮に連れもどしても、今夜がすぎればもはや姫君として通らぬ。わしらの責任もさることながら、それより事は平松家十万石が立つか立たぬか、お家の興廃にかかっているのだ。至急江戸へ急使を立てて、指図《さしず》を仰《あお》ぎなさい」

主膳はすでに切腹を覚悟しているのだ。

「いや、姫君のお行方は必ず今夜中にさがします。江戸へ急使を立てれば、もうそれっきりのことになります。だからこそ、こうして楓を責めているので、楓の口から矢太郎の動向さえ知れば、今夜のうちに事件は無事に解決する。もうしばらく手前にまかせおき願います」

自信ありげな十三郎の口ぶりだ。

十三郎の腹の中になにかあるとわかっていても、今のところそういわればしばらく彼の言うなりになっているほかはない主膳である。

「これ、かまわぬから楓を打ちすえろ」

十三郎が改めて申しつけた時、姫君の行方を追っていた供侍が二人、ばらばらと庭づたいに駆けこんできた。

「申し上げます。斉邦さまのお成りでございます」

「なにっ」

主膳には寝耳に水であったが、十三郎も一瞬ぽかんとせずにはいられない。

矢太郎が誘拐した姫君を、途中で斉邦が助けて江戸へ送り届ける、その使者が本陣へきて今夜の芝居は幕になる打ち合わせだったが、直接斉邦がここへ乗りこむ話にはなっていないのだ。

――姫君はすでに駕籠《かご》ごと手に入ったはずだが、一体なんのためのお成りか。

それを考えているいとまさえなく、葵の金紋打った陣笠《じんがさ》、乗馬姿の斉邦が、近習《きんじゅう》十人ばかりをしたがえて、もうつかつかと庭先へ乗りこんできた。

「これはこれは若君さま」

十三郎は褥《しとね》を払って、はっとそこへ平伏《へいふく》する。主膳も笹岡もそれに倣《なら》うほかはない。

「十三郎、これはいかがいたしたのか」

斉邦はなわ目にかかってそこへ引きすえられている楓を見て、不審そうに聞いた。

「はっ、これなるは美保姫さまづきの腰元楓と申し、子細あって取り調べをいたしておりますもの、お目ざわりにて恐れ入ります」

「なにっ、これが腰元の楓か——?」

「さようにござります」

「はてな——。さっきの腰元は、姫の身がわりだと申していたが」

「なんと申されます」

びっくりして顔をあげる十三郎だ。

いかに浅慮《せんりょ》な斉邦でも、現在目の前に縛られているのが腰元の楓だとわかれば、美保姫に一杯食わされたことはいやでも気がつく。

「あは、は。十三郎、予は勘違いをしたようだ。もどるぞ。——一同つづけ」

斉邦は苦笑しながら、さっと引きあげていく。

——困ったお坊ちゃんだ。

十三郎は苦りきってしまった。一切の筋書きは、これですっかりぶちこわしになってしまったのである。

が、このままほっておくわけにはいかない。たとえ筋書きの底は割れても、こうなったら斉邦を笠にきて、強引に収拾策を取らなければ身の破滅になるのだ。

「主膳どの、斉邦さまが当地へ見えておられるは幸い、手前これから後を追って、なんとか主家の面目《めんもく》が相立《あいた》つよう、おそでにすがってみましょう。——笹岡どの、楓はしばらく御身にあずける」

言い捨てるなり、十三郎は主膳の返事も待たず、愴惶《そうこう》と立って、玄関のほうへ飛び出していく。

「これ、楓のなわを解きなさい」

主膳は静かに庭の若侍に命じた。

「あ、御家老さま、それでよろしゅうございましょうか」

笹岡が難詰《なんきつ》するように聞く。

「さしつかえない。楓一人を責めても、今夜の失態のつぐないはつかぬ。次第によっては、そちも十三郎も、わしも一命はないものと思うがよい。心静かに引き取って、追っての沙汰《さた》を待て」

そういわれると一言もない笹岡だ。

「楓──」

「はい」

なわを解かれた楓は、そこへ両手をつかえた。

「そちは姫の行方を知っているはずだ、すぐに後を追うがよい。どういたせば主家のためになるかは、申さずともそちに分別があるはず、よいな」

「はい、申し訳ございませぬ」

美保姫と生死を共にするのは、楓のはじめからの覚悟なのだ。

「早く行きなさい」

いたわるようにいって、主膳は静かに座を立つ。こうなっては、すべてをなりゆきに任せて、夜の明けるのを待つほかにない主膳なのだ。

荒療治

——しようのないばか殿さまだ。

十三郎は身支度をととのえ、居あわせた一味の者十人ばかりをしたがえて、六郷の渡しへいそいでいた。

せっかく事はここまでうまく運んでいたのだから、そのまま斉邦が姫君をつれて江戸へ行ってくれれば、なんのことはなかったのである。だいいち、世間知らずの姫君などにどたん場で一杯食わされるなど、ついている家来たちがあまりにも気がきかなすぎるのだ。

この上、万一姫君に逃げられてでもいると、矢太郎一味がおなじ宿にうろついているはずだから、どんなやっかいなことになるかわからない。

ともかくも、十三郎は斉邦に会って、姫君の有無をたしかめ、もし美保姫が無事ならそのまま江戸に立たせて、主膳のほうはまたなんとでも話はつく。

――こっちは老中がうしろについているんだし、平松家十万石が立ちさえすれば文句はなかろう。

十三郎はふてぶてしくそこまで腹をきめている。ただ問題なのは、姫君の有無だけだ。

まもなく宿外れへかかってくると、そこの物陰からつかつかと出てきて、行く手へ立ちふさがった者がある。

「立花十三郎、どこへ行く」

相良矢太郎だった。大胆にもたった一人だ。にやりと皮肉な微笑さえうかべているのだ。

「矢太郎だな。貴様こそ、今ごろ、なにを血迷ってこんなところへのこのこ出てきたんだ」

そうやりかえしながら、しめたと十三郎は思った。彼が一人でこんなところへ出てくるようなら、姫君はまだ斉邦の手にあるのだ。よし、いい機会だから切ってしまえと、とっさに決心したのである。

「血迷っているのは、どうやら貴公のほうらしいな。こせこせと小細工の好きな男だ」

「黙れっ、貴様こそ、身分のほどもわきまえず、姫君につきまとって、うろうろと大それた細工を弄《ろう》する痴漢、見あたり次第切って捨てよと、若殿からも、江戸からも、きびしく申し渡しが出ている。知らぬはずはあるまい」

「そんな小利口ぶった放言は、この矢太郎には通用せんな。貴公は主家を利のために公儀へ売ろうとしている。はらわたの腐った犬だ。論より証拠、わしの名を使って今夜姫をおびき出し、ひそかにどこかの公達《きんだち》にわたしておいて、その罪をわたしになすりつけようとする、まったく頭の悪い男だ。今のうちに改心せぬと、ろくな死に方はせんぞ」

思いきった矢太郎の罵《ば》倒《とう》だった。

「うぬっ、貴様こそ主家を危うくする不忠者、――一同、矢太郎を切れ、上意討ちだ」

かっとなって十三郎がわめき立てる。

「待て、貴公たちはこんな犬侍の言に踊らされてはいかん」

矢太郎は一同を押さえておいて、

「おい、犬侍。お前は上意を笠にきなければこの矢太郎が切れんのか。とらの威を借るきつねのように、口先ばかりで威張っておらんで、男だったら自分で刀を抜いてみろ」

と、あくまで嘲弄《ちょうろう》する。一騎討ちに持っていこうという矢太郎の腹なのだ。

「おのれ、ほざいたな」

十三郎といえども武士だ、ここまで挑戦されては、もう自分から刀を抜くほかはない。

「上意討ちだ」

おびやかすように一喝《いっかつ》しながら、だっと抜き討ちに踏んごんできた。

「悪党」

ひらりと飛びのいた矢太郎は、空を切ってわずかに前のめりになった十三郎の肩先へ、疾風のような抜き討ちを逆襲する。それは一瞬のすきをつかんだ無謀にも似た逆襲だっただけに、さすがの十三郎もかわしきれず、左の肩先へしたたか切りこまれて、

「わあっ」

そのまま、どっと前へつんのめっていく。

「無念」

地にまろびながら、執念の十三郎は必死に土をつかんで、たしかに一言わめい

ていたようだ。

　ほんのまたたき一つする間の勝負だったので、見ていた藩士たちはぼうぜんと立ちつくしている。

「矢太さん、大変だあ」

　その勝負を待ってでもいたように、いつの間にきていたのか、中村小扇がいきなり飛び出してきて、矢太郎にすがりついた。

「おお、どうした、師匠」

「お姫さまが、お姫さまが鬼につかまっちまったんです」

「なにっ」

「山さんも、武さんも、中村さんも、葵の鬼なんだもの、手が出せやしない。みんないっしょに連れていかれちまう、早く、早く行ってあげてください」

「どうしてまた、そんなへまなことになったんだ」

「あたしに怒ったってしようがないじゃありませんか。お美保さまが、矢太さんが帰ってくるまでどこへも行きたくないって、あの河原を動かなかったんです。だから、すぐ見つかっちまったんです」

「よし、すぐ行く」

しまったと思う矢太郎だ。斉邦方には十人あまりの近習《きんじゅう》がついている。

「諸君、姫君を鬼の手から取りかえすんだ。矢太郎に加勢してくれ。たのむ」

矢太郎は藩士たちのほうへ頭を下げた。

「しかし、矢太さん、相手は葵の紋だぞ」

藩士たちは、たった今、その威勢を本陣の庭で見てきたばかりである。

「いや、諸君に迷惑はかけぬ、心ある同志だけついてきてくれればありがたい」

心せく矢太郎は血刀をぬぐって鞘《さや》におさめ、そう言いすてるなり、六郷土手のほうへ走り出した。

「えらいわ、矢太さん。葵の紋なんか怖がらないのは、あんただけなのね」

聞こえよがしにいいながら、小扇が矢太郎につづく。見ると、その後からもう一人、楓がばたばたと二人の後を追い出したのだ。

「おい、行こう、葵の紋なんか怖がると、女にわらわれるぞ」

「よし、やれやれ、相手にとって不足のない相手だ」

藩士たちももう後へひけなくなってきたのである。

一気に六郷土手を越して河原へかかると、ちょうど斉邦の一行が、美保姫、大山、武村、中村の四人を中に取りかこんで、渡し場のほうへ引きかえしてきたところだ。

今となっては、悪びれた様子もなく毅然《きぜん》と歩いてくる美保姫の顔は、月の女神のように美しい。

——えらいぞ、お美保さま。

矢太郎は涙が出るほどうれしい。そして、新しい勇気が泉のように五体にみなぎってきた。

「くせ者、待てっ」

恐れげもなく矢太郎は一喝して、つかつかと先頭の斉邦の前へ立ちはだかったのである。

「さ、さがれっ、無礼者」

意外なくせ者呼ばわりに、驕慢《きょうまん》な斉邦は顔を真っ赤にしてどなりかえした。

すわっと、近習たちが左右へ飛び出してきて、

「こら、慮外いたすと承知せぬぞ。葵の紋どころが見えぬか」

と、口々に威嚇《いかく》してきた。

「うそをつけ、この偽物《にせもの》め」

「なんと——」

「いやしくも葵の紋をいただく高貴な公達《きんだち》が、どろぼうねこのように、夜夜中、女をさらいにくるか。貴様たちは不敵な偽物だ」

「おのれ、公子に向かって無礼な一言、後で後悔するな」

「後悔するのはそっちだ、まことお前たちが公子なら、そっちも十人、こっちも十人、刀を抜いてかかってこい。素っ首をたたき落として、鈴ガ森《すずもり》へさらしてやるから、そう思え」

「うぬ」

と、近習たちは手に手に一刀の柄《つか》に手をかけたが、本当の切り合いになって、斉邦に万一のことでもあると、一同切腹しただけでは事はすまない。まして、今夜の微行は公儀へは内密のことだ。悔しいが、どうにも刀は抜ききれないのである。

「どうした、その陣笠《じんがさ》の偽物、どろぼうねこのように目ばかりむいていないで、悔しかったら刀を抜いてみろ」

「無、無礼者」

こんな雑言《ぞうごん》をあびせられたのは、おそらく生まれてはじめてのことだったろう。斉邦は逆上したように刀を抜いて、さっと切りつけてきた。

内心それを待っていた矢太郎だから、ひらりと身をかわして、胸もとに躍りこむなり、思いきった当て身だった。

「ううっ」

斉邦は、がくんと両ひざをついて、たわいなくそこへくずれ倒れる。

「やった――」

さすがに近習たちが真っ青になるのを、

「ばか、貴様たちむやみに刀をふりまわすと、この偽物の首を一打ちだぞ」

と、矢太郎が柄に手をかけて、油断なく一同をねめすえる。肝心の主人が人質に取られているのだから、近習たちはどうすることもできない。

「矢太郎、――矢太郎」

早くも大山たちにまもられて味方の中へのがれてきていた美保姫が、凜々《りり》しく呼んだ。

「はあ、御用でございますか」

「もうほどほどにして、ゆるしてあげなさい。美保は無事だったのですから、あまり意地悪をしてはいけません」

「承知いたしました」

しかし、矢太郎にはまだ別に考えがあるのだ。これまでやれば、どうせない命である。できればここで天くだりの養子縁組みを打ちこわしておきたいのである。

「これ、せっかくの姫君のお言葉だから、今夜のところはこれで見のがしてやる。だが、偽物がみだりに葵の紋をおかすのは不届き至極《しごく》、この陣笠と大小はあずかっておき、いずれ当家から御老中方に改めて届け出ることにするから、さよう心得ろ」

矢太郎はかまわず斉邦の陣笠と大小とをうばい、

「一同。出発――」

と声をかけた。

「はっ」

藩士たちは、まず姫君と女たちをまもり、土手のほうへ歩き去る。

しんがりは矢太郎で、大山、武村、中村の三人が、いつでも切り死にをする覚悟で、ひたひたと矢太郎につきそっている。

斉邦づきの近習たちは、すっかり度肝をぬかれた形で、あわてて気絶している斉邦のそばへ走り寄っていた。

京の春

「矢太さん、とうとう荒療治をやってしまったな」

　土手を越えても斉邦がわの追撃がないとわかると、肩をならべていた中村銀次郎がぽつりと言った。

「うむ。貴公たちにわかれて途中まで行くと、偽物《にせもの》の一行が本陣から引きかえしてくるのに出会った。おそかったかなと思いながらやりすごして、少し行くと、こんどは十三郎があの連中をつれてやってくる。どうせ獅子身中《しししんちゅう》の虫だ。いい機会だと思ったんで、けんかを売って、たたっ切ってしまった」

「ふうむ、十三郎をやっつけたのか」

　銀次郎は目を丸くしたようである。

「あいつはなまじ忠告したって改心するような男じゃない。生かしておくと、善良な者まで悪に引きこむやつだ。ちょうど十三郎を切ったところへ小扇が姫君の急を知らせてきたんだ。しようがない、思いきってやっちまえと思った」

「そうか、こっちは姫君が、どうすすめてみても、矢太郎の帰りを待ちますといって動こうとはなさらん。我々は死なばもろともだと、その時覚悟はしたが、葵の紋を見ると、まさか刀を抜くわけにもいかん。矢太さんがやったのを見て、なんだ、あんな芸当もあったのかと感心したんだが、我々にはやっぱりああ鮮やかにはいかんだろうな」

「さあ、鮮やかだったたか、ぶちこわしだったたかは、これからの相手の出ようひとつだが、どうせこっちは命がけなんだから、やるところまでやってみよう」

「そうだとも、矢太さん、三途《さんず》の川は我々もいっしょにわたるからな」

前の組から楓がこもどりしてきた。

「相良さま、お姫さまがお呼びでございます」

「承知しました」

「矢太さん、その分捕り物は我々があずかろう」

うしろから大山がいった。

「そうか、たのむよ」

矢太郎は斉邦の陣笠《じんがさ》と大小を大山たちに預けて、姫君のところへ走った。

「お召しでございますか」

こうして行列を作って歩けば、やはり姫君と家来なのである。

「矢太郎、美保のそばを放れてはいけません」

「はい」

「矢太郎は十三郎を切ったそうですね」

「やむをえなかったのです」

「美保はまた本陣へ帰らなければいけないのですか」

できればこのまま矢太郎とどこかへ行ってしまいたい姫君なのだろう。

「こう手違いになっては、そういたすほかございません。なまじ逃げかくれすると、お家のためにならないのです」

美保姫はしばらく答えなかった。そして、黙って矢太郎の手をさぐって、

「来世ということがありますね」

と、自分に言い聞かせるように、口の中でいっていた。

矢太郎はいとしさを胸一杯にかみしめながら、じっとその冷たい手を握りかえしただけである。

本陣へ着いて、一切を矢太郎から神尾主膳に報告すると、

「そうか、やむをえまい」

と、主膳は一言いって、うなずいていた。

まもなく、斉邦の近習頭《きんじゆうがしら》、榊原求馬《もとめ》と名乗る者が、近習一人をつれて本陣をたずねてきて、

「夜中恐縮ながら、御老職にお目にかかりたい」

と、丁重に申し入れてきた。

「矢太郎、きたようだな」

主膳ははじめてにっこりした。

「あっちも命がけです。ていねいに迎えてやりましょう」

矢太郎はそういって、客を上座に迎え、主膳と二人で、自分たちは下座について応対した。

「さっそくですが、今日は主人の使者でまいったのではございません。手前一存にてお願いにあがったのですが、武士の情け、一切を不問に付して、紋どころの陣笠、ならびに大小、おもどしくださるわけにはまいりませんでしょうか」

榊原は辞を低くして、むだ口はきかず、あっさり切り出してきた。もどさぬといえば、無論ここで腹を切る気だろう。大切な二品を証拠に取られたのでは、武

士の面目《めんもく》としてこのまま江戸へ帰ることが出来ないのである。

「承知いたしました。手前のほうも一切を不問に付して、二品はそちらへおもどしいたします。どうぞお持ち帰りください」

主膳はそう答えて、床の間においてあった二品を広蓋《ひろぶた》ごと取ってきて、榊原にもどしてやった。

矢太郎の荒療治は、ついに効を奏したのだ。が、その後始末は決してそう簡単にはすまない。よほど慎重を期さないと、どんなしっぺ返しがくるかわからないのだ。

翌日、行列は姫君病気と触れ出して、川崎の宿を立たなかった。その朝、中老笹岡は、自分の部屋で見事に自害していた。

その間に江戸の上屋敷との間を密使がいそがしく往来して、結局、三日目の朝、姫君は病気のまま国元へ引きかえすことになった。

行列は京都へ着いてまたしばらく動かず、美保姫死去の届け出が公儀へ出されたのは、それから数日の後であった。斉邦との養子縁組みは、これで自然沙汰《さた》やみとなったのである。

相良矢太郎は浪人して、京都から行方知れずになった。

とは、みんな公儀をはばかる表向きのことで、江戸にも国元にも遠慮のある美保姫は、望みどおり矢太郎の妻となって、京の洛外嵯峨《らくがいさが》のほとりに風雅な浪宅を構え、一生世にかくれて愛の巣をいとなむことになったのである。

翌年、当主直茂《なおしげ》は隠居して、万之助が無事に津山十万石を相続した。

その初の出府の供をして江戸へ下る大山波之助が、ある日ひそかに矢太郎夫婦をたずねてきて、こんな報告をした。

「矢太さん、武村が楓さんといっしょになったのは知っていたな。まもなく子供が生まれるそうだよ。そうそう、中村銀次郎はこんど相良銀次郎になることになって、これもまもなく嫁をもらうぜ。万之助さまが、いや、殿様が、頼母も一人息子を失って寂しかろうと仰《おお》せられて、御自身口をきかれたのだ。その嫁というのは、そら、国境で姫君のお駕籠《かご》を遠矢にかけて腹を切った河村源吾の妹なんだ。あれだけは、万之助、いや、殿さまもひどく後悔されているらしく、つまり、罪ほろぼしがしたいんだろうな。ところで、どうだ、こちらさまはまだおめでたの様子はないのかね」

「さあ、どうなのかなあ。お美保さま、どうなんです」

矢太郎がわらいながらお美保さまに聞くと、初々《ういうい》しい丸髷《まるまげ》姿のお美保さまは赤

くなりながら、にっこりして、

「波之助、ゆっくりしていくがよい。いま、美保が手料理をこしらえてあげます」

と、話をそらして逃げていった。

「驚いたなあ。こちらさまは、まだ御亭主が矢太郎で、かかあの守《かみ》がお美保さまなのかね」

大山が声をひそめながらあきれる。

「うむ、お姫さまと呼ぶとしかられるから、しようがない、お美保さまと呼んでいるのさ」

矢太郎はいい気なものである。

「人のことより、山さん、貴公はどうして嫁をもらわないんだ」

「そうそう、いつか矢太さんに話そうと思っていたんだが、そら、去年矢太さんが偽物をやっつけて、みんなで本陣へ帰ったな。本陣の前まではたしかに中村小扇はついてきたが、そこからいつの間にか姿を消していた。だれも上がれといわないから、遠慮して帰ってしまったんだろうと、あの時わしは矢太さんにいっておいたが、実はそうじゃないんだ。おれは小扇に、かまわないから上がれとすすめたんだ。すると、小扇のやつ、あたしはどうせ場違いだし、矢太さんとお美保さまの仲を見ていると、どうしてもやけてくる。だから、ここから消えてなくなりますと、しょんぼりしているんだ。よせばよかったのに、おれは口が軽いから、師匠、おれでよかったらいつでも口説かれてやるよと、肩をたたいてやった。本当と、小扇がまんざらでもない顔をして、山さんだって好きには好きだけれど、山さんといっしょになってからも、もし矢太さんのことが忘れられないようじゃあんたにすまないからって、ひどく神妙なんだ。そうか、じゃ矢太さんのことがすっかり忘れられるようになったら、いつでも口説きにこいよと、その時はまったく冗談のつもりだったんだがね。後で考えてみると、ああいう女だから、もしそれを本当にしていて、さあ来たわとやってこられた時、おれに女房があったらがっかりして、またどう世をすね出さないともかぎらない。そう気がついたんで、おれは三年の間は嫁をもらわないことに心できめているんだ。色恋じゃない、ともかく、おれたちのために一生懸命働いてくれたその心根《こころね》は買ってやらなくちゃ悪いからなあ」

「そうか。そんなことがあったのか」

それにしても、大山らしい考え方だと、矢太郎はこの親友の誠実さに、いまさらのように胸をうたれ、あのあけっ放しで、ひどくずぶとく見えながら、根は人のいい小扇が、今ごろ、どこをどんな風に歩いているかと、ふっと、なつかしい気がせずにはいられなかった。

コスミック・時代文庫

姫《ひめ》さま恋慕剣《れんぼけん》

2022年1月25日　初版発行

【著 者】
山手《やまて》樹一郎《きいちろう》

【発行者】
杉原葉子

【発 行】
株式会社コスミック出版
〒154-0002 東京都世田谷区下馬 6-15-4
代表　TEL.03(5432)7081
営業　TEL.03(5432)7084
　　　FAX.03(5432)7088
編集　TEL.03(5432)7086
　　　FAX.03(5432)7090

【ホームページ】
http://www.cosmicpub.com/

【振替口座】
00110-8-611382

【印刷／製本】
中央精版印刷株式会社

乱丁・落丁本は、小社へ直接お送り下さい。郵送料小社負担にて
お取り替え致します。定価はカバーに表示してあります。

ISBN978-4-7747-6340-8 C0193